モーリス・ブランショ

ジャン゠リュック・ナンシー　安原伸一朗訳

モーリス・ブランショ

——政治的パッション

水声社

sentier de la critique

批評の小径

目次

本書の書簡について

ここに刊行する資料が作成されるにあたって支配的な役割を果たしてきた、もろもろの状況をめぐる生き証人は、今となっては私しかいない。したがって、多くの人からこの資料は刊行された方がよいと判断された以上、解説を記すのは私の役目となった次第である。

一九八四年、私は、『カイエ・ド・レルヌ』誌から、ミシェル・アールを介して、モーリス・ブランショ特集号を編集してはどうかと言われた。この提案は、その前年にブランショが『明かしえぬ共同体』を刊行していたことに端を発している。それは、私が『アレア』誌[1]に発表した論文「無為の共同体」に対する応答から始まっていたからだ。私がこの申し出に喜んだのは言うまでもない。フィリップ・ラクー＝ラバルトは、私よりロジェ・ラポルトと近しく繋がりがあったし、ブランショとは知的にも似通った点が多いことから、ブランショにかなり似た人だったので、私は彼に、特集号の企画を一緒にやろうともちかけた。私たちが最初に決断したのは、たとえしかるべきものであっても学術論文の単なる寄せ集めにはせず、名を成している作家たちからのオマージュも引き出さねばならないという点だった。次に決めたのは、一九三〇年代のブランショの政治的見解をめぐる近年の刊行物にかかわることだった[2]。つまり私たちは、この問いをめぐるブランショとの正確で綿密なやり取りをきっかけにして、数々の雑誌で繰り広げられていた糾弾と弁護の粗野な対立を乗り越えたいと思っていたのである。

しかし私たちは、自分たちの最初の決定が明らかに無駄に終わりかねず、しかもその理由が、政治的糾弾がなされる場合とおそらく同じ文脈であろうとは、予想していなかった。私たちは断りの返事を相次いで受け取った。そのなかでも疑問を呈したものは少なかったが、返事のいくつかはこのテーマをめぐって、「このテーマは大きすぎるので、どのように取り掛かるべきかわからないのです——あるいは、私には十分な時間がない次第です」という似たり寄ったりの定型的なものだった。また、返信のない場合もそれなりにあった。いちいち名前を挙げようなどとは思わない。それは不躾なことだろうから。それでも、私たちはある程度の数の論文を受け取ったが（おそらくそのうちの何本かは、その後、発表されている）、目標には依然としてほど遠かった。私たちは、不安を抱きながら長い間待ってみたものの、一九八五年の晩夏に、事態を受け容れざるをえなかった。すなわち、ブランショにふさわしいと私たちが判断できる形で『カイエ・ド・レルヌ』誌をつくることは不可能であろう、と。そして私たちは、ブランショに、心苦しくもこの知らせを伝えねばならなかった。

この間、政治の問いをめぐって考えられるやり取りを準備する作業は、多少は進められていたが、先述の理由によってペースが落ち、この計画が頓挫したことでとうとう棚上げされてしまった。一九八四年、とくにラクー＝ラバルト（本書所収のマスコロの書簡でも見ることとなるが、私たち二人のなかでは彼こそこの問題に高い関心を抱いていた）との何通かの往復書簡を通じて、ブランショは、それらの書簡に散りばめられた数々の考察を、一つの資料――これをブランショは、ロジェ・ラポルト宛ての書簡のなかで「レシ〔物語〕」と名づけた――の形にまとめようと着想するにいたった。その資料は、言うなれば、将来の対話に向けた予備的宣言の価値をもつものだろう。それをブランショは、ラクー＝ラバルトにではなくラポルトに送った。ラポルトは、このやり取りにおいては第三者であり、長年にわたるブランショとの友情に基づき、戦前および一九四〇年の急変の際のブランショの振る舞いについてより忌憚なく本人に説明を求めるのを、責任をもって引き受けてくれていたのである。だから、この書簡の冒頭は、ラポルトがその時点まで政治姿勢にかんして沈黙を守ってくれたことと、その時になって沈黙を破ってくれることに対する謝辞になっているわけだ。末尾に見られるように、ブランショはこの書簡を、ラクー＝ラバルトその人に、ということはつまり、『カイエ・ド・レルヌ』誌の計画のために私たち二人にこの書簡を渡してもらうように頼んでいる。(3)

長い間、この書簡――つまるところ、予定されていた帰結をもたらさなかったわけだが――は、ラポルトにとっても、私たちにとっても、私たちが整えようとしていた環境が整わなかった以上、公にすべきものではない一つの資料だった。私はこの書簡のことを内密にレスリー・ヒルに知らせたが、彼は一九九六年、ラポルト（彼自身、ブランショから許可を受けての話だが）からその数節を公にする許可を得たのだった。(4)しばらく前、今度はマイク・ホランドが、この書簡をめぐる詳細を私に尋ねてきたので、私は書簡の存在を思い出した。そのときから、私には、この資料を刊行するのは当を得たことだと思われるようになった。これは紛れもなく一通の書簡であって、ブランショは自分の書簡が公にされることを望まないと述べていたことが知られている。ブランショと〔ワジム・〕コゾヴォイとの往復書簡は、そのいくらか公的な性質もあって、ジャック・デリダの発案によって、シダリア・フェルナンデス＝ブランショの同意のもとに刊行された(一)。本書の一九八四年のレシの場合、ブランショがこれをしたためたのが一つの出版物に参加するためだったのだから、公的な性質はいっそう明白である。さらに、ブランショの書簡は、私の知る限りすべて手書きであるのに対して、このレシはタイプされている。そして本書では、私がここに記したエピソードに関連していようといまいと、ブランショのものであれ他の人のものであれ、これ以外の書簡はいっさい公にするつもりはない。ただ一つ、本書末尾に収めたディオニス・マスコロの書簡を例外としたい。私には、この書簡もまた、『カイエ・ド・レルヌ』誌に向けた作業にかかわる一つの資料と見なさざるをえないように思われたのだった。例外はこの書簡のみである。

ここでは、この二つの資料を紹介するに留めたい。私は、これらの資料の位置を標定しはするが、それぞれの文脈（二つの資料が触れている時代の文脈や、それらが書かれた時期の文脈）に置き直そうとも、分析しようとも思わない。ブランショと彼自身の来歴との関係、および彼と彼の作品との関係を検討することもしない。これら二つの領域については、すでに多くの事柄が、なかでも私がここで言及した数冊の著作によって検討されてきているし、それに限らず他の諸々の著作においても検討されてきている。今となっては、ブランショや、彼と似たような経歴をもつそれなりの数の人びとにおける政治的な問いを検討する種々のやり方をめぐってさえ、ちょっとした変遷を研究することができるかもしれない。そうした変遷がこれからも続いていくであろうことを私は疑わないが、さしあたっては、この資料にかんする点に話を限りたい。

それゆえ私には、通史（ヨーロッパのみならず世界が後戻りできない形で転覆するもっとも明らかな端緒となった戦争における、フランスの敗北をめぐる歴史）の視点からも、個人史（当時の姿のモーリス・ブランショその人）の視点からも、そして、書簡が書かれたというそのこと自体（この書簡は、つまるところ何を語っているのか。どのように語っているのか。そして何を語っていないのか）の視点からも、この書簡をめぐる歴史的分析を示すつもりはないわけだが、それはまずもって、そうした分析の試みが一人の手に負えるものではないからだ。そのためには、時間を置いて眺めることで初めてなしうるような、膨大な共同作業が欠かせない。そう、私たちが、性急な予断という色眼鏡や（純粋さや「左派」の信条告白などといった）素朴な要請にそれほど毒されずにそれぞれの歴史にアプローチできるようになるには、間違いなくまだ時間が必要なのだ。だがまた、あらゆる歴史問題の場合と同様に、際限のない、そしておそらくは終わりのない時間が必要なのだ。過去の各時代をどう受容するかは、それぞれの時代に決まるのだから。私としては、少なくとも何一つ急がないことが賢明に思われる。それはまた、二、三十年前に、美徳を振りかざす検事や同情心に満ちた弁護人の役割を我先に演じようとしていた気の急いた関係者たちから、距離を取ることだ。

以上の理由から、今回の刊行の機会は何よりもまず、もっぱら退いて視線を調整するものにならねばならない。この書簡の焦点は、いったいどのようなものだろうか。私の考えでは、それは、この書簡が歴史的および心理的な真実にかんして明らかにしてくれる事柄（これもたしかに無視できないが）によりも、この書簡を前にした私たちが、どのように、どの地点から、どのような問いかけに沿って、この書簡を読むべきか――言うまでもなく一義的な読解など存在するはずもないが――を問うことを余儀なくされるという事実にこそ宿っている。

こうした強制は、モーリス・ブランショをして、かくも多くの文通や作品の合間に、かなり特異なこの資料を書かしめた強制にもかかわっている。一九八四年、おのれの政治的過去にかんする検証や議論が行われようとしていたなかで、彼には、そうした検証や議論の提案が攻撃的なものでも嫌疑をかけてくるようなものでもないこと——彼の過去の見解やテクストを何ら好意的に受け取るものではなかったにせよ——が分かっていたし、鼻息荒い検事たちの姿勢とは異なる姿勢が登場するのを、感じ取り、理解していたのかもしれない。彼は、説明できるということ——それはいかなる点においても正当化と等しいものではない——を信頼してくれていたのかもしれない。

私としては、とどのつまり、ブランショはこの書簡をどうすべきかという点について、すぐに決断することもなかったし、当惑なしに決断することもなかった、と言わざるをえない。信頼と先ほど述べたが、それは、無際限のものではありえなかったわけである。彼は私たちと親密ではなかったし、かなり真摯なものだったろうと想像される躊躇を乗り越えるにいたっては、ロジェ・ラポルトの友情あふれる仲介に多くを負っている。デリダの友情やその協力関係も、同じような役割を果たしてくれた。とはいうものの、ブランショはそれほど私たちを知っているわけではなかったし、おそらく、私たちの世代についてはあまりよく知らなかっただろう。

そのうえ、ブランショは一九八三年、先述の『アレア』誌のテクストに対して、一冊の書物をもって応じてくれていたが、その主張は、ブランショが私に見出している数々の主張から、いくつかの本質的な点で隔たるものだった。そしてこの対立は――仔細に眺めれば――「共同体」の、および／あるいは政治の本性をめぐる（と同時にバタイユの思想をめぐる）見解の深刻な抗争(5)を巻き込むものだった。だから、彼には慎重になる理由があった。つまり、一方では、メールマンの著作やパリでのその反響によって安直にも有名になってしまった数々の批判的モチーフに、私たちも連座しかねないということがあり、他方では、私たちが、根本的なところで、彼が共有しようとは思わないような一つのテーゼを打ち出しかねないということがあったわけである。「一つのテーゼ」と記したが、これは明らかに言い過ぎではある。だが、私たちが「左派」の主張にこだわっているとブランショが感じないはずはなかった。その主張には、(所有をめぐる) マルクス的ないしポスト・マルクス的なモチーフと、(正義と平等をめぐる) 多かれ少なかれ共産主義的ないし社会主義的な要請、そして (権力をめぐる) アナキズムへと向かう要求が並存していた。名も教義ももたないこの主張は、私たちのものだとはっきりと特定できるものではなかったが、それによって、私たちにはブランショにやり取りを持ちかける自由がもたらされてもいた。

＊

これまで記してきた状況のゆえに、やり取りはこの書簡に限られた。しかしながら、すべてが状況によって説明できるわけではない。やり取りは、『カイエ・ド・レルヌ』誌を経由する以外のやり方でできたかもしれないからだ。そもそも、そうしたやり取りは個人的な面では途絶えたことがなかった。とはいうものの、私たちが政治に立ち戻ることはなかった。私たちはこの書簡には返事を出さなかったし、ブランショも後便を出さなかった。『カイエ・ド・レルヌ』誌の特集号は多数の拒絶によって日の目を見なかったわけだが、思うに、そうした多数の拒絶によって、困惑のようなものが湧き起こったのだろう。何人かの良心的な大学人を除けば、誰もブランショのことを語ろうとはしなかった――このことはまた、戦前のいくつかの「右派」にかかわる、いつの間にか触れてはならないとされた問いに誰も直面しようとはしなかった、ということでもある。そして私たちはと言えば、自分たちだけでそれに直面するにはあまりに準備が整っていなかった。私たちは公共の空間があればと思っていたが、それは『カイエ・ド・レルヌ』誌によって開かれうるものだった。

数年後、私は、ミシェル・シュリヤ〔『リーニュ』誌編集長〕に、『リーニュ』誌で「一九三〇年代の作家や思想家を現在どう読解し判断すべきか」という問いをめぐる特集号を検討してくれるように頼んでみた。シュリヤは請け合ってくれたが、寄稿できると言ったのは、アラン・バディウとフィリップ・ラクー＝ラバルトだけだった。この計画もまた頓挫した。

こうして、私たちは問題の核心に触れる。一九三〇年代の数々の政治現象をめぐっては、それらの現象を今日のものではない当時の文脈に沿って理解すべしという要請に対する困惑した抵抗が存在しているのだが、その抵抗は、実際のところ一度も、あるがままの姿では見定められたことも取り上げられたこともないのだ。そうした理解の要請は、一般に歴史上のどの時代に対しても、受け入れ可能だし、受け入れられてもいる。だが、今回の場合はおそらく、私たちにとってはまだ過去になりきっていない過去であり、なかんずく、その近さは次のような状況ゆえに格別に強力なもの——

しかも、文字どおり抵抗するもの――になっている。つまり、私たちは、以下の二つの事象を認めるのに困難を覚えるのだ。

――第一の点は、数々のファシズムの深層にある起源、すなわち――少なくとも――第一次世界大戦以降ヨーロッパ社会を支配してきた民主主義が脆弱であるという知覚や意識、感情に由来している。

――第二の点は、民主主義をめぐる居心地の悪さという昨今の現実にある。これは、第一の点と異なっているとはいうものの、やはり第一のものから続いているものだ。その居心地の悪さが感じ取られ始めたのは、まさにこの一九八〇年代であり、その頃、周知のように「左派」に分類される何人かの知識人たちの極右的および／ないしファシズム的傾向をめぐって、いわゆる告発めいた発見がなされたのだった。

これらの事象を見誤ったり見損なったりしない限りは諸々の判断など示せないわけだが、そうした判断はまずもって、判断を下す人の無意識に対して判断を下している。

ともあれここで大切なのは、事態をはっきりさせることである。ブランショの思想や言明(6)を正当化することや、いわんや許すことが問題なのではまったくない。彼の諸々の政治的信念のあらゆる側面を見落としてはならないし、それらの信念が、たとえ言葉の上に留まるものだったにしろ、社会参加《アンガージュマン》――極限的には人びとの死をもたらすこともありうる――を予想させえたという点も見落としてはならない。彼自身がこの書簡で――この件にかんして彼が意見を表明した他の資料においてと同様に――弁明しようとはしていないのと同じく、私たちも、彼の有利になるような状況を探し求めるべきではない。ここに刊行する資料のなかで、別の圏域に位置している事柄――ブランショが措定し、検討せねばならないと考えているような、昼のエクリチュールと夜のエクリチュールとのあの分有――とて、必ずしも分析や議論なしに受け入れるべきものではない。

翻って、肝要なのは、誤った要因に基づいて断罪しないことである。また、こちらの方がいっそう重要なのだが、そうした断罪を、それ自体が自己正当化に存している無意識的な関心の具にしてしまわないことだ。

「彼は極右だった！」だとか、さらには「彼はファシストだった！」（厳密な意味でとうてい支持しがたいが）などと叫ばれているが、それが意味するところは、「左派でなければならなかったのだし、反ファシストでなければならなかったのだ！」ということである。ここには、「左派」が脈々と一種の自明の理としてきている事柄が露わになっていると考えられるが、それは実際のところ、人権や議会制民主主義に対する信仰を公言することとほとんど混同されているものだ——今や「社会主義」について論じることさえ困難なのだからなおさらである。なるほど、二十五年前は事情が異なっていた。けれども当時から、政治の（あるいは、私たちがまさに何らかの概念や本質の問題に力点を置く際に述べていたように、「政治的なもの」の）意味をめぐって、幅広く問い質すことが必要だと感じられていたのもまた事実である。ラクー＝ラバルトと私がちょうどその頃、一九八一年から八四年にかけて〈政治的なものをめぐる哲学研究センター〉で行っていた作業は、そのことを十分に証している。私たちが『カイエ・ド・レルヌ』誌の計画に着手したのはまさしくこうした文脈のなかだったから、以上の点は記さないわけにはいかなかった。

またださからこそ、ブランショのこのレシの注釈に入る前に、私は、今日このような性質のテクストを読むに当たって不可欠な条件がどのようなものであるかということを、ここでどうしても述べておきたかったのである。

＊

ときに「政治的なものの危機」と呼ばれる事柄は、正当かあるいは正常ないかなる措置を取ればよいかが分かっているような、危機的な局面というわけではまったくない。実のところ私たちは、「政治〔政治的〕」という言葉からもはや共同体の存在を仮定しえないときにその言葉が何を言わんとしうるのかという、根本的な問いかけへと歩を進めている。揺らいでいるのは、「人民の命運」として、「国民の主権」として、そして「共同体のアイデンティティ」としての政治なのだが、いま記したばかりのこれらの概念の方もそれぞれ、同じような危難に遭っている。

こうした危難への最初の反応は、各種のファシズムによってもたらされた。それは、主権の原則を自然主義的、歴史主義的、近代主義的に改訂することに基づいて形成された応答だ。つまり、「主権をもつ人民」が有効な形では前面に打ち出せなかった事柄の改訂である。この応答は、たとえ（人民や元首や命運への）粗野な同一化に委ねられた粗野なものであったにせよ、ある失意や期待に応えようとはしていたのである。

コミュニズムについて言えば、これも同じような不安に応えるものだった。しかしコミュニズムは当時、いかがわしい科学性や「唯物論」の声明にもっとも目につく根拠を見出していた。その理由もまた劣らず両義的なものだったし、「プロレタリア独裁」を目指してはいたが、すでに明白となったその帰結については言うに及ばない。いずれの場合にも、どのみち政治が主要な争点であり、すべてを挙げて政治を刷新させ、さらには再生させ救済しようとする努力に力を貸していたのだと言える。実際に、政治闘争は、こう言ってよければ、精神的闘争ないし文明闘争になっていた。当時、たぶんフランスにおいて顕著だが、右派の過激派たちは、多くの場合おそらく左派の過激派たち以上に、一般的に、こうした争点に意識的な人たちだった——むろん全員とは言わないが。ブランショは、自分と同じくファシズムとは（ましてやヒトラー主義とは）[7]結託しなかった人たちに交じって、自分たちがこのような動揺期に突入しつつあることを知ったのである。

彼が知らなかったのは、政治ではこの挑戦に応じることができないということだった。それどころか、彼は――他の多くの人と同様に――政治的な言挙げによって、その言挙げを大きく凌駕するものがもたらされうると信じたのである。彼が信じたのは、ナショナリズム的で精神主義的な呪文が革命の代わりになりうるということだった。というのも、「革命」とは言葉だったのだから。しばしば注釈もされる周知のきわめて単純なこの状況によって一つの問題が切り開かれるのだが、その点を、いわゆる良識派はいささかも顧慮しているようには思われない。この時代に思考しようとしていた人はみな、革命というこの語に出会っていたのである。これは、一つの考えだったのか、それとも〈イデー〉だったのか、概念だったのか、スローガンだったのか。彼らには、そう自問している余裕はまだなかった。彼らにとってこの言葉は、権力の転覆や体制の転覆よりはるかに大きな事柄を意味していた。つまりこの言葉は激変や新たな創造をもたらすものだった。それは、フランス革命の遺産――不安定で瀕死の共和国――、およびロシア革命の閃光――生活や未来の赤色というよりも炎や血に彩られた赤色をしていた――のゆえに、フランス革命やロシア革命を安易に引き合いに出すことが禁じられた時代だったのである。

一九二〇年代から三〇年代にかけて、もっとも事態が見通せていたか、あるいはもっとも目が曇っていなかった人びととは、マルクス主義と名づけられていたものがもつ真の革命的内実について問い質す人たちか、あるいは、数々のファシズムの真の革命的内実にかんして、独裁や扇動や野蛮として断罪するという反応（これはこれで正当なものにほかならないが）によってなしうる以上に、より深く省察的なやり方でもって考察しようとしていた人たちだった。だが、そのような断罪という反応は、このときにはすでに、断罪を超えて（断罪に逆らってということではなく）思考しようとしていた人びとをも十把一絡げに断罪してしまうことに繋がるのだった。

ドゥニ・オリエが、その責務の重大さとはきわめて対照的な繊細さをもつ分析のなかで記しているように、「[一九三〇年代においては]ファシズムを前にした恐怖症的な拒絶でないものはすべて、容易に共犯関係を結んでいた。知ろうとする意志は、同調の一形態になっていた。ファシズムについて調べ、ファシズムが成功を収めたメカニズムについて検討するというそれだけのことで、ファシズムという現象に対して、認識論を超え出る関心を抱いているのではないだろうかと疑わせるものだったのだ[8]」。これらの文言は今なお、現今の状況をかなり正確に描き出していると言ってもいいだろう。

今日でもそうなのだが、おそらく当時も数々の曖昧さがありえたわけである。オリエのテクストが展開されるのはまさにこのモチーフをめぐってである。しかし、同じ本のなかで彼が後述しているように、「両義性は、少量ならばファシズムを招くが、多量ならばファシズムから遠ざかる[9]」――オリエはこの文を説明するのに、同定可能な賛意を覆い隠しているにすぎない政治的で表面的な両義性と、まさしく単純には露見することも同定されることもありえない事柄に思考が直面するという、より深層の両義性との違いを強調している。

他の数々の思考や証言を召喚することもできようが[10]、私がオリエに沿ってここで述べようとしている事柄は、情にほだされているとは言わないまでも、数々の道徳的かつ政治的な要請を無視しようという策を弄しているとの誹りを、おそらくは受けることだろう。だが実際は反対なのだ。すなわち、政治——あらゆる観点から見たものであって、統治の形態ないし体制としての政治、明確であれ不明瞭であれ共同生活の領域としての政治、経済的でイデオロギー的な支配の媒介ないし媒介ならざるものとしての政治——をめぐる現況のもとでは、重要なのは、既存の政治的な態度決定から退くことである。私たちがもはや知らずに済ませるわけにいかないのは、政治それ自体、その概念やその社会的存在が、根本的に問われているのだという点である。そうした問い質しが生じるのは、文明全体が変質しているからにほかならない。

数々のファシズムが「成功を収めたメカニズム」は、広範に論じられ分析されてきたではないか、と言われるかもしれない。ここで、ほとんど異論がないであろう一人の著述家を取り上げるなら、全体主義の起源を検討したハンナ・アーレントを参照すれば十分だろう。アーレントはしかしながら、彼女が公共空間や（活動的生、観照的生といった）生の様々な圏域の理論を構築する際に手にし続けている数々の指標でもって文明の危機を確認しているがゆえに、ある両義性——政治的なものではなく、深層にあるたぐいの一つの両義性——に捉えられたままである。ところが、私たちの目にはっきりしてきたのは、文明の変質によってそれらの指標はもはや取り払われてしまい、自分たちはその先を考えねばならなくなっている、ということだ。私たちに明らかになっているのは——少なくとも私たちが目を閉ざさない限りだが——まさしく、ブランショのような人びとが戦争前夜に何を理解し始めたのか、ということである。[11]

*

たしかに、それは混乱した予感にすぎなかった――そして種々の精神的混乱はまさに当時の特徴でもあった――し、そのうえ、モーリス・ブランショは単に省察をめぐらせただけではなかった。彼は、仰々しい宣託と呪詛のなかに迷い込んでもいたのだ。こうした振る舞いには、二つの側面がある。一方には、紋切り型の信念や、猛々しいがゆえに必然的に短見だった確信によって燃え盛っている精神という側面だ。他方には、極限まで、極限によって張り詰められた一つの思考という側面である。これら二つの側面が示しているのは、この書簡が末尾で語っている同一の「パッション」の二つの面である。彼に固有のパッションが薄暗い面を示すこともあるがゆえに、そのパッションを引き合いに出すのにはつねに困難が伴う。とはいえ、二面性をもつのはパッションに固有のことにすぎないのではなかろうか。そして、自分たちを分かつ何らかの力を、弁解も自惚れもなく引き合いに出す勇気というものもまた、存在するのではなかろうか。

ともあれ、ブランショが『明かしえぬ共同体』において、ある意味ではこのパッションにかかわる脈絡をあらためて取り上げていることは注目に値する。それは管見では、『明かしえぬ共同体』をめぐってほとんど注釈されてこなかった側面である。ここで私は、しばしこの点を取り上げることにしたい。[12] ブランショは「共同体〔共同性〕」を慎み深いもの、さらには秘密のものにしておくのを自らの務めであるかのように感じていたのだと考えられるが、彼は――例の『アレア』誌を通じて――「共同体」をめぐる省察を明示的に取り上げ直す機会を見出した時、その省察を、共同体の謎めいた奥底に（エロス的、キリスト的、文学的といった）多面的な一つの「コミュニオン〔合一〕」を出現させる方向へと――つまるところ、私の方向とは対立しないまでも離れた方向へと——進めていった。そこで彼が、かつて別の形で自分を魅了していた事柄のもつ何ものかを——見直された「コミュニズム」という言葉のプリズムを通して——再び検討していたと考えても、差支えはないだろう。とはいえ、もはや「右派」や「左派」などが問題なのではない。問題は、政治よりも深層の一つの圏域、政治には還元されえない〈共同での存在〉の圏域なのである。そうであるならば、「明かしえぬもの」とはたぶん、この「コミュニオン」に固有の一つの特徴であるばかりか、ブランショが良識派からの糾弾が再燃する危険に晒すことのできた、かろうじて維持しうる主張のもつ特徴なのかもしれない。

これとは反対に、ブランショが弁解と自惚れを混ぜ合わせ、すでにしてほとんど見抜くことのできない一つの知性の、道徳の、そして精神の歴史の道程をさらに見えなくさせようとしたのだ、と主張することもできるだろう。だが、どんな個人の来歴も、どんな告白の構えも、解きほぐせぬほどに糸を錯綜させるものだ。それは、その個人の来歴がそもそも、歴史や意味の極点にまで追い込まれたと感じられるほどに紛糾し混乱し錯乱していた、一時代全体の歴史に混ざり合っているだけに、なおさらである。また――とりわけ、ブランショが一九三八年まで執筆した数々の政治時評を取り上げる場合には――、明白であると同時に混乱しているだけにただでさえはっきりと再構成することが難しくなっているような道程を、彼がさらに見えにくくさせているのだと主張することもできるだろう。たしかに、度を越したナショナリズムや一つの「フランス」の激越な称揚は、素朴であるばかりか、あまりに単純であり、きな臭いものだ。そうした「フランス」のアイデンティティや堅牢さは、明確な政治的路線に加えて知的路線さえ判然としない呪詛の（そして当時のフランスの現実の姿に対する憎悪の）霧のなかに見失われたままだった。この点からすれば、ブランショはファシストではなかったし、彼の興奮は、教義を担ったものというよりは教義を欠いたものだった。このことはそれでも、彼をして、国の劣化を招いた責任者たちの処刑や内戦を主張するのを押し留めはしなかった。とはいえ、いずれきちんとした地ならしが可能となったあかつきに、しかと見定める術を心得ねばならないのはむしろ、ブランショの「転向」がいったい何に存していたことになるのかという点である。彼は興奮に思考を置き換えたことになるのだろうか。それとも、興奮を変容させたことになるのだろうか。きわめて困難な問いであり、おそらく明快な答えを出すことなどできはしまい。

*

残るは、反ユダヤ主義［antisémitisme］、というか、この言葉以外にどう呼んだらいいか分からない事柄だ。この言葉は、きわめて雑多な現実を包含してしまいかねないのだが(13)。数々の真摯な著作が示してきたように、ブランショにおける反ユダヤ主義は稀であり限定的なものだった。稀というのは、数々のテクストにはほとんど表明されていないからであり、限定的というのは、ユダヤ人に対するいかなるたぐいの組織的運動にも一度も参加しなかったからである。しかしながら、いくつかのテクストが示しているように、反ユダヤ主義は存在した。ブランショは、単に反ユダヤ主義を否定していないだけでなく、もっとも顕著で際立った振る舞いを反ユダヤ主義に対して行ったのであり、彼はそれを、言葉を選んだうえで、おのれの「転向」と呼んでいる（なるほど、ここで彼の言う転向は、政治的および道徳的姿勢の全体にかかわってはいる。だが、そのなかで主要な位置を占めているのがユダヤの現実に対する関係であることには、疑念の余地がない）。この点においてもまた、歴史的文脈の精密な再構成や、ここで問われている事柄をめぐる仔細極まりない分析が必要かもしれない。

まさしく本書の書簡の年代の「反ユダヤ主義」という言葉については、ある意味では、有無を言わせぬ厳しい非難に巻き込まれずに論じることは、今日ほぼ不可能になっている。そうした非難からすれば、反ユダヤ主義［antisémitisme］や反ユダヤ教［antijudaïsme］、反ユダヤ感情［judéophobie］（もしこれらの用語を区別することが望ましいならば）は混然一体となっているだけでなく、反シオニズム［antisionisme］、さらには、イスラエル国家をめぐってその起源や昨今の政治の点から批判したり非難したりすることもまた混ざり込んでしまっている。ジャック・デリダが晩年に述べていたように、「フランスでは、イスラエルを批判すると必ず、反ユダヤ主義者と見なされてしまう」のだ。戦前の状況は、これとはほど遠いものだった。その違いの数々の理由はこれ以上ないくらい明白ではある。しかしだからといって、現在それらさまざまな水準が混同されていることを正当化するわけにはいかないし、また反対に、そうした状況の相違を理由としてある一つの見解が弁護されもするわけだが、それは、ヨーロッパにおけるユダヤ人絶滅以前に、せいぜいのところいくつかの「反ユダヤ的」言明が意味しえた事柄とは明確に一線を画すものである。

「ユダヤ人に対する憎悪」と私なら呼びたくなる――そうした方がその起源をうまく指し示すことができるからだが――事柄にかんしては、そのそれぞれの時代やその変容、変奏をめぐって、際限なく微に入り細に入ることもできよう。そうしたところで、カトリック教会の始まりを形成していて、つまるところ最初期には独特な意味で同宗者だった人びとが、自分たちの共通の出自に対する内部からの不実をめぐる証人と見なされてからというもの、この憎悪の炎がカトリック教会によって点けられたという、単純明快な事実は何一つ変わらないだろう。ディアスポラのユダヤ人たちはたしかに、世俗の（政治的、社会的、人間的）支配と、現世とは異質ながらも現世のうちに開かれている絶対的なるものとの関係とを区別するという原則をきちんと守り続けていた。教会――遠く遡ったコンスタンティヌス〔四世紀にキリスト教を公認〕の教会ではないにせよ、まさに十字軍開始の頃の教会――は、この区別に背き、自らの使命を世俗の重大な利害関係に巻き込んでいた。ユダヤ人はこの背信をめぐる知覚可能なイメージとなり、「神の殺戮者」たる彼らユダヤ人こそ、真なる神に背いたのだとして糾弾されることもあった。自余のことはここから生じ、聖性の純白さを切望するものを穢し続ける暗黒線となった。[14] だから、キリスト教に敵対するナチズムが反ユダヤ主義を標榜し絶滅にまでいたったという事実には、ある逆説と論理がそっくりそのまま存在しているのである。ナチズムは、キリスト教の（この場合にはまずはプロテスタントの）精神を退ける一方で、自らを利するべく、世俗の秩序と聖なる秩序や神聖な秩序とを全面的に混乱させ、その混乱に備給していたのだった。

ブランショは、幼少期からカトリックでありその教育を受けていただけでなく、魂の面でも気質の面でもカトリックだった。このことは、彼の戦前の諸々のテクストからも読み取れるし、その後の一連の作品——きわめて異なるばかりか、繊細に解読しなければならない数々の目的に向かっているとはいえ——を通しても認められる。だからといって、ここでも重要なのは弁護することではない。ただ、なかでも「マルテイン・〕ブーバー[15]や〔フランツ・〕ローゼンツヴァイクがいたにもかかわらず、キリスト教の国々（イスラム教の国々ではないことは指摘しておいてよい）に共通する意識が、ユダヤ人に対する憎悪をほとんど手つかずのまま保持していた点を理解しておく必要はある。その憎悪には抑揚がつけられることもあったし、（ヘーゲルにおける事例のように）一種の同情へと変貌することさえあったが、それでもユダヤ人が真理の外を彷徨していたことに変わりはない。ユダヤ人はこうした彷徨を受肉したものでさえあった。

以上のすべての理由から、ブランショの「転向」はまた、キリスト教内的とでも言いうる転向でもあった。彼は、社会制度としてのカトリシズムから、無神論と有神論という組み合わせそれ自体を限りなく超出することの考察へと、つまり、「極限」とも呼びうる絶対的な超越の要素をも運んでゆく超出の考察へと向かったのだ。

そして、彼にとってユダヤ教を印づけることになった諸々の特徴――主として、神話のはたらきとの深い隔たり、そして「神の選択」それ自体の「散種」(デリダから借用されたこの言葉は書簡に見られる)の印としてのディアスポラ——について言えば、これらの特徴がユダヤの思想家たちによってそういうものとして明らかにされ、こう言ってよければ現働化されたからこそ、ブランショはこれらの特徴を発見することができたのだという点は無視できない。そうした思想家たち——言うまでもなくレヴィナスが筆頭であり、彼の重要性はブランショの来歴全体を通じて無視しえない——が、先に私が言及した人びとの後継者であることは間違いないが、その彼らが、ユダヤ教を刷新する思想を——現世のなかで開かれた世界に対する、ユダヤ教における隔たりを強調しながら——明らかにしたのは、戦後になってからである。キリスト教徒もまた、自分たちの思考のなかでこの新たな形態の遺産を受け取った。ブランショの「転向」は、いくぶんかは一つの世代(しかも「キリスト教社会主義」と「非神話化」の躍進に結びついている世代)の転向である。

さらに、初期のブランショのカトリシズムは、単に反ユダヤ的だったというだけではない。それはまた、当時瀰漫していた「ヒンズー的精神性」の諸様態にも対立するものだった。この点については、ガンディーや一九三〇年代のヒンズー教をめぐる彼のテクストを参照することができる。[16] そのカトリシズムはまた、さらに広範囲にわたって、反近代主義的でもあった。すなわち、近現代性への憎悪は、歴史が浅いと同時に激しくもある一つの伝統に育まれているわけだが、ブランショが当時自ら抱いていたような——そして私たちとてけりをつけてはいない——文明に対する文明内での居心地の悪さのなかでも、もっとも広く共有されていた兆候の一つだったのである。

私たちがその居心地の悪さにけりをつけていないというのは、数々の最大級の危険に晒されているかのように今も感じられるこの近現代性に対して、いったいどうしたら自分たちが適合しうるのか、相変わらず私たちには分からないからである。そうした危険の一つは、分別を欠いた——真実に目をつむるという言わばおめでたい——冒険の不透明性でもって、本来は厳密に思考されねばならないような極限というものの、もつ無限性を置き換えてしまうやり方に見出される。それはつまり、私たちが見ることなく眺め、見つめることなしに検討しているものだ。この無限を思考し、望みどおりにこの無限を維持して対話させるまでに、ブランショはしかし、近現代的なものが、高尚で無傷のものと想定された伝統、国民や国や精神性といった形象に託された伝統に対峙し、ファシズム的ではないにせよ間違っても民主主義的たりえないものの曖昧模糊とした表象に対峙するという関係から、身を引き離す術を学ばねばならなかった。しかしながら、もし民主主義が、まさに不透明性しか期待されない将来に対する盲目的で永遠なる期待としての近現代性をめぐる、ほとんど政治的とは言えない――経営管理的な――粉飾（つねにいっそう増大する目的、つねにより多くの商品価値、要するに技術と資本）にすぎないとするならば、民主主義が「極限」にかんして無能であることは明らかである。

ブランショにはこのことが分かった。このことが分かったのは、まずは直接的で大雑把な形で、伝統主義の霊安室や貴族主義の高みや美学上の欲望や思考の要請が混然一体となった状態においてだった。こうした混乱の痕跡が長らくブランショの作品に付き纏うことがなかったとは言わない。だが、たしかに転向、転回はあったのだ。なるほど、装い新たな豹変ということではなく、迷いから覚めることであり(17)、それにはおそらく、近現代性をめぐる危険が生じるのはそもそも、思いのままに扱えると信じられている数々の資源(〈祖国〉、〈精神〉、〈国民革命〉など)の枯渇からにすぎないのだという意識が伴っていた。

＊

ブランショがこのことを知ったのはまた、本書所収のレシの末尾で触れられている

「政治的パッション」の形で、その熱狂を通じてでもあった。このパッションは、当時きわめて多くの作家や思想家たちを捉えた（〔ジュリアン・〕バンダは一九二七年の『知識人の裏切り』でそうした作家や思想家たちを非難した）。そのパッションは、「没落」や錯乱をひしひしと感じながらも、どこにその原因を求めるべきか分からなかった人びと（だが今日の私たちには分かっているのだろうか）を支配していた。そうした人びとが知らなかったのは、政治もまた没落期に入っていたことなのだが、その頃は、「人民の命運」が頼みの綱になりうるなどということがまだもっともらしく思われていたのだった。その「人民」はしかし、大衆となり、人種となった。パッションは圏域を見誤ったのだ。パッションがおのれの過ちを知ることができたのは、一人や二人の場合に限らない。

転回や転向は、はたしてどの程度まで存在したのだろうか。つまるところ、どのような性質のものだったのだろうか。そして、それにはどれほどの時間がかかったのだろうか。ここで私が答えることは控えたい。他の人びとがこれらの問いに答えるべく研究してきたし、研究することだろう。私としては、この動きにはある意味で反転と地続きの部分があり、またある形での断絶がある、と述べるに留めたい。それら二つの面、その結びつきや対立については、長大な分析も可能だろう。ディオニス・マスコロは、この点にかんして明確な主張をもっていた。『カイエ・ド・レルヌ』誌の計画をめぐる書簡のやり取りのなかで、当初から（とはいえこれきりともなったが）彼は、この問いに取り組んだ私たち——少なくとも、マスコロに手紙を書く役割だったフィリップ・ラクー＝ラバルト——のやり方で議論にのってくれた唯一の人だった。彼の書簡はそれゆえ、単に形式的な内容（執筆依頼に対する受諾ないし辞退）以外の内容を含んでいる唯一の書簡というわけだが、ブランショの書簡＝レシとともに本書に掲載する価値があると私には思われた。その書簡は独自の洞察を示している。だからといって私は、それが真実を述べているとは確言しない。その書簡については、注釈を加えることはせず、私たちの課題である省察にまさに組み込むに値するとだけ述べ、ブランショの書簡と並べてここに刊行する。(18)

注

（1）ジャン＝クリストフ・バイイ編集でブルゴワ社から刊行。

（2）ブランショの書簡の冒頭で触れられている書物や論文のこと。また、ジェフリー・メールマンの書物（*Legs de l'antisémitisme en France*, Paris, Denoël, 1984〔『巨匠たちの聖痕——フランスにおける反ユダヤ主義の遺産』内田樹ほか訳、国文社、一九八七年〕）ももちろん含まれる。しかしここでは、クリストフ・ビダンによるきわめて正確で詳細な伝記（*Maurice Blanchot. Partenaire invisible*, Seyssel, Champ Vallon, 1998〔『モーリス・ブランショ——不可視のパートナー』上田和彦ほか訳、水声社、二〇一四年〕）や、レスリー・ヒルのこれまた貴重な著作（*Blanchot, Extreme Contemporary*, London, Routledge, 1997）に読まれる、あらゆる歴史上の事実については詳述しないことにする。そして、私が今回の刊行を決意するに際しては、ブランショの作品の分析や来歴にかんするこの二人の権威――およびブランショのもう一人の偉大な専門家であるマイク・ホランド――に相談したことを記しておく。

（3）　この書簡には日付がない。ロジェ・ラポルトが、この書簡を私たちに送ってくれた際に確言したところによると、この書簡は、消印や、ブランショのもう一通の私信から見て、一九八四年十二月二十二日のものだろうという。

（4）　実際には、版権は、書簡の筆者ないし著作権所有者――この場合にはシダリア・フェルナンデス＝ブランショ――に属している。彼女は、今回の刊行に同意してくれた（エリック・オプノの配慮ある仲介のおかげである）。名宛人の方が所有権をもつのは、物体としての書簡のみであって、その内容ではない。とはいえ、ジャクリーヌ・ラポルトもまた等しく今回の刊行に同意してくれた。ここに感謝する。

（5）　この見解の抗争は、逆説的ながらも、あまりに深刻なものだったがゆえにほとんど目につかないままに留まり、ほとんど抗争として注釈されることはなかったし、最初に注釈したのは私自身だった。私は、ブランショが私に言葉を向けながら意見を表明してくれたことに当惑を覚えると同時に（それにしても、議論において、そして論争の場合であっても、なんと器用なことに、いかばかりの慎みを示してくれたことだろうか）、当初のテクストの勢いに突き動かされてもいた。私はそうして、一九八六年に一冊の書物〔『無為の共同体』〕を刊行するにいたるが、それはつまり、

『カイエ・ド・レルヌ』誌の計画を断念せざるをえなかった時期であり、本来の disputatio〔討論〕を開くはずだった事柄が、意気阻喪とブランショに対する気づまりから——少なくとも——宙づりにされていた時期だった。もしその討論が交わされていたならば、政治的な問いの基底のみならず、「共同体」の「本質存在」をめぐる問いの基底にも触れることになったであろうことを、私は疑わない。というのも、この点についてブランショが『明かしえぬ共同体』において示している解釈は、一九三〇年代の彼自身の信念だったものにも無縁ではないからだ。ここはこの件について語る場ではないので、別の場所で、まずは本書のもう少し先で、立ち戻ることにしたい。

（6）　ブランショ、およびその他多くの人びとの思想や言明のこと。私がここで素描している考察は、数々の大きな違いはあるにせよ、他の多くの作家や哲学者、芸術家たちにも当てはまる。そうした彼らの不名誉を、いわゆる左派の良識派（と目されている人びと）は、かくも満足げに告発しているが。

（7）　友人であるエマニュエル・レヴィナスが、ブランショをきっかけとして行った諸々の考察に注意を促さねばならないだろうか。

（8）　Denis Hollier, *Les dépossédés*, Paris, Minuit, 1993, p.57

（9）　*Ibid.*, p.116

（10）　なかでも、〔フランソワ・〕モーリアックの日記や覚書をまとめたもの（*Journal, mémoires*

politiques, édition établie et présentée par Jean-Luc Barré, Robert Laffont, 2008）と、ドミニク・フェルナンデスによる父〔ラモン・フェルナンデス〕の生涯をめぐる瞠目すべき物語（*Ramon*, Paris, Grasset, 2009）が参考となる。

（11）　またおそらくは、共同での実存の政治的な水準でもその他の水準でも、情動を同じように従属的な地位に置く際に。

（12）　私は、今後の仕事のなかでこの点に立ち戻るつもりだ。ここでは、素描の域を出ずただ指摘しておくに留める。分析は今後の課題である。

（13）　ブランショにある種の「反ユダヤ主義」のレッテルを張ることが、この言葉の使い方に関連しうるあらゆる難点を伴って、人びとの間で問題とされ、論争を引き起こしたことを、私も知らないわけではない。そうした緻密さに敬意を払いつつも、私としては、何一つ白黒をつけるつもりはない。この言葉の使い方は、本格的な調査や仔細な分析に値する。だがそれは、ここでの私の任ではない。私は一つのテクストを紹介するに留めておくが、そのあらゆる側面にわたる研究を深化させるための扉を閉じないでおきたい。要するに、ブランショは『ランパール』紙に発表したいくつかの論説（それらの論説についてはクリストフ・ビダンが教えてくれた）では、反ユダヤ主義――この言葉で示される事柄――に対して、明白に異を唱えていた。だが、ブランショがそう振る舞ったのは、まさに〔ユダヤ系の〕ポール・レヴィが編集する新聞だったのであり、他の場所ではほとんど見られないと私に思われるという点は、指摘しておくことができる。また他方で、当時の彼はそのように振る舞うことで、ユダヤ人をユダヤ人そのものとして考察するというよりは、知識人たちを擁護しようとして意見を表明していたことがあったという点も、指摘しておくことができる。

（14）　この命題については、『アドラシオン』（*L'adoration*, Paris, Galilée, 2010［メランベルジェ眞紀訳、新評論、二〇一四年］）で紹介しているので参照されたい。

（15）　ブランショとレヴィナスは、ストラスブール時代に一緒にブーバーの『我と汝』を読んでいる。ダニエル・コーエン＝レヴィナス「彼らのあいだで。モーリス・ブランショとエマニュエル・レヴィナス……　彼らがいる場で、不可能なものへと赴くこと」（Danielle Cohen-Levinas, « Entre eux. Maurice Blanchot et Emmanuel Levinas... Là où ils sont, se rendre à l'impossible », dans *Blanchot dans son siècle*, Actes du colloque de Cerisy (2-9 juillet 2007), Lyon, Parangon/Vs, 2009, p.71）を参照。一度たりとて否認されることもなければ弛緩することさえなかったこの友情は、ブランショの一九三〇年代に独特な光を投げかけてくれる。

（16）　ブランショのテクストを分析しているニュー・デリー大学のフランソン・マンジャリの試論「ブランショ。エクリチュールと政治－宗教」が近日刊行予定である（Franson Manjali, « *Blanchot. Writing and the Politico-Religious* »）。

（17）　ブランショは、本書所収のレシの少し前（九月三日）の手紙で、今後の仕事の展望について次のように私に書いて寄こしていた。「ある政治的省察によって、数々の理論的問題が提起されます。それは、私には、時代とともにますます解明するのが困難に思われるものです。政治的なものの劣化があり、その劣化から生じる諸々の要請を前にした責任回避があります。たぶん、これらの事柄についても問わねばならないでしょう」。

(18) この書簡の刊行に際しては、ソランジュ・マスコロ氏の許可を得た。ここに謝意を表する。

訳注

(一) この書簡は最初、ミシェル・ドゥギーが編集長、クロード・ムシャールが副編集長を務める『Po&Sie』誌(numéros 112-113, Paris, Belin, 2005)に発表された。

モーリス・ブランショからロジェ・ラポルト宛ての書簡

（一九八四年十二月二十二日）

親愛なるロジェ、沈黙を守ってくれてありがとう。そして今日、友情からその沈黙を破る必要を感じてくれてありがとう。ところで、ほとんど有益なものではないけれど、最初に一点、正確を期しておきたいと思います。トドロフによる分析もその批判的な判断も（一）、私には何ら響いてこないという点です。というのも、その判断によって、彼の方もまた判断されるのですから。それに、私が過去の人であろうがなかろうが、そんなことはまるで重要ではありません。「すべては消え去る、すべては消え去らねばならない[二]」。メショニックは、彼が必然のものと考える自身の先入観に沿って——しかも彼は凡庸な人物ではありません——、はるかに興味深いまったく別の角度から、この問題に取り組みました[三]（デリダに対するメショニックの疼くような敵意には、彼の抱えている難点が表れていますが）。

　誰であれ自己責任のもとに自分の意見を表明してもらう、という私の原則はご存知でしょう。ひょっとすると、私が、政治や個人の来歴にこの原則を適用したのは誤りだったのかもしれません。この件は、『右派の非順応主義者たち』と題された書物がきっかけでした[四]。その本のなかで（思い出せる範囲では）、私は、攻撃的な形ではないものの、頻繁に誤解に満ちた形で扱われています。ほとんどたいしたことのない誤りもありますが（そのうえ、私には理解不能な誤りです。私の兄が医者だったとか、あるいは『ジュルナル・デ・デバ〔論争〕』紙で私が務めたとされる職は、文字どおり私のものというわけではありません）、〈若きフランス〉にかんする誤りはより重大です。とはいえ、どうすればよいのでしょう。書物に対しては、別の書物を著す以外なに一つできませんが、実のところ、私はそうする必要を感じなかったばかりか、そうすることに自分自身が納得していませんでしたし、この件にはそれほど重要性を認めていませんでした。右派の非順応主義者たちと左派の非順応主義者たち――これらこそ私が分派と呼んだものですが(五)――を結び合わせようという企図が当時の私には無縁ではなかっただけに、なおさらです。

第二次大戦前のこの時代が、胡乱で混乱したものであり、(私にとっては)きわめて不安に満ちた時代だったという点は、しっかり理解しておく必要があります。右派であれ、左派であれ、あらゆる陣営において民主主義が問題視されていました。民主主義は第一次大戦を通じて枯渇したように思われていましたし、「勝利」が民主主義者たち(クレマンソー)(六)にかかっていることを疑う者はいませんでしたが、その民主主義者たちは一時的に、すでに民主主義者であることを断念していたのです。

ここから生じたのは多種多様な企てですが、それらは、〈シュルレアリスム〉の数々の変遷や、いくつものたまゆらの試み（たとえば、清廉で才能あふれる作家であるアロンとダンデューの二人による『オルドル・ヌーヴォー〔新秩序〕』誌。(七) でも、この誌名そのものが背筋を凍らせます。新秩序とはまた、ファシズムが自任していたものでしたから。それで私は、この雑誌に協力するのを潔しとはしませんでした）によって具現化されました。『コンバ〔闘争〕』誌(八)は、そうした企てのなかでも、もっとも慎ましいものの一つでした。その雑誌に協力するに際して、私は条件を設けました。第一に、ブラジャック(九)がいないこと。ブラジャックとは、ほとんど憎悪に近い反感を互いに抱いて離れていましたが、才能のあった彼は、「陽気な」ファシズムのもっとも危険な幻想の数々を体現していたのです。そして、神話の力と力の神話とが君臨するような（これは、古代ユダヤ教が示す神話なき世界に対する、執拗な拒絶へと道を開きました）、新たな世界の祭典や若々しさや幸福と一体化しようとしていました。もう一つの条件は、アクシオン・フランセーズ（一〇）から距離を取ることでした。アクシオン・フランセーズはそもそも衰退期を迎えていたものの、相変わらず各所で影響力を及ぼしていました。（アクシオン・フランセーズとは一つの象徴であり、フランス革命期で時を止めた偏狭なナショナリズムの象徴でした。なるほど、当時はナチズムに頑強に敵対していましたが、唾棄すべき反ユダヤ主義ばかりか、私には耐えがたい伝統的な文学観――私にとっては重要な点でした――にも彩られていました）。『コンバ』誌は当時、取るに足らないも同然でした。この雑誌ではいつも気づまりを感じていたものです。『アンシュルジェ』（一一）紙でも同様でしたが、この新聞は誰が指揮を執るというわけでもなく、ある日、私はそこにおぞましく反ユダヤ主義的な記事を発見して驚いたものです。その頃、私はこの新聞の編集長を務めないかと打診されました。私は断りましたし、この新聞をただちに廃刊してもらうことにしました（これらの新聞や雑誌の刊行費用は、腹に一物あるリゴーという恐るべき策士が代表を務める「ルジウール油脂会社」から出されていました。この人物は後に、ド・ゴールとジロー[一二]の間を取り持とうと試みることになります)。また別の試みには、『ランパール』[一三]紙がありました。これは、ジョルジュ・マンデル[一四]（かつてはクレマンソーの右腕でした）を黒幕として、ポール・レヴィが社主を務める日刊紙で、理屈では私が編集長を引き受けていることになっていました。粗暴というか、むしろ激越なものだったこの新聞の目指すところは単純明快だったものの、不幸にして、それに見合う手段を私たちは持ち合わせていなかった。目的というのは、ヒトラーに抗うこと、なかんずく、ヒトラーがラインラントを取り返そうとするのに対する軍による闘争です。マンデルは傑出した人物で、ユダヤ教にはまったくと言っていいほど関心のないユダヤ人であり、揺るぎない愛国者でしたが、政府をそうした計画に沿わせるには世論の支持を必要としていました。その計画は、正当なものでしたがイギリスが異を唱えていましたから。マンデルは成功しませんでしたが、以前記したことがあるように[一五]、この失敗がミュンヘン会談の前提となり、ミュンヘン会談そのものとなってしまいました。

平和主義者でありながら戦争も辞さないマンデルは、「我が」導き手たるポール・レヴィと日常的とも言えるような付き合いを続けていましたが、この破滅的な失敗の後にはもはや一つのことにしか執心しませんでした。すなわち、フランス軍が現代化を果たして再編されるという希望を抱きつつ、時間を稼ぐことです——このことがあったがゆえに、マンデルは、とりわけ内政に腐心していたブルムに敵対していましたが、また逆に、すぐに開戦すればヒトラーを混乱に陥れられるだろうと考えていたユダヤ系移民たちに対する不信感も募らせていたわけです。ポール・レヴィはいつも移民を援助していましたが、当時の私にとってはそれがごく当たり前の環境だったということは述べておかねばなりません。ヒトラーが体現していた大いなる脅威にかんしては、本当の姿がそこでは明らかになっていたのですが、また同時に、空想に満ちた噂話のなかにも姿を現していました（曰く、ヒトラーが重病であるとか、狂っているとか——それに、ドイツの国会議事堂の火災や〈水晶の夜〉、側近たちの粛清など、身の毛もよだつようなヒトラーの政治的構想を、いったいどうしたら一種の狂気だと見なさないでいられるでしょう)。それ以外の多数派の人びとは反対に、何も大袈裟に言い立てるようなことはしないでおこう、慎重に、慎みを保ちつつ、ユダヤ人には自分たちで用心させておくべきだ、と述べていました。もっともなことに非難を受けている私のテクストは、このような背景のもとで書かれたのです。とはいえ、私に帰する責任を今日ほかの人たちに被せてしまうのは恥ずべきことでしょう。それに、フランスの同化ユダヤ人たちが、シオニズムに対して不信感を抱いていたということもありました。レヴィナスが私に教えてくれていたのは、〈ディアスポラ〉の重要性と意義であり、ユダヤ的特異性の「散種」によって埋め合わされる不幸な彷徨のことであり、ユダヤ人が、粗悪な真理としてのあらゆるナショナリズムからは排除され、まったく異なる形態の歴史に参加しているということでした。だから、私がイスラエル

の「新たな原理」について一言(余分な一言)を口にしてしまうこともあったわけです。(一六)

しかし、もしここで、私が仕事の大半の時間を『ジュルナル・デ・デバ』紙に費やしていたことを補足しないとすれば、甚だ不完全なものになってしまうでしょう(どのみち不完全なものに留まらざるをえませんが)。この新聞は一七八九年に創刊され、バンジャマン・コンスタンやシャトーブリアンたちが論陣を張ったところであり、要するに、当時は対抗勢力だった自由主義の論陣だったわけですが、こうした輝かしい時代を経つつも、その実、衰退していました。とはいえ、強力なライヴァル紙『タン〔時代〕』紙(一七)に比べると、ある程度の自由を保っていました。もっとも、この二紙はどちらも鉄鋼連合(一八)によって支えられていたわけですが。告白すれば、夜郎自大になったためしなどない、才気煥発で教養ある高齢の人びとからなるこの集まりのなかにいて、私はかなり幸せでした。そこでは、国際政治が吟味に値することはほとんどありませんでした。ナチズムもヒトラー主義も容赦なく叩かれていたのです。そこでは、ムッソリーニに対して寛大にすぎたとしても、「アンシュルス〔ナチスによるオーストリア併合〕」の動きをめぐって起こったように、ムッソリーニが同盟者に対して歯止めとなるかもしれないというはかない希望があってのことでした[一九]。内政問題をめぐっては、この新聞は本来的な意味で自由主義でしたし、アダム・スミスやリカードの自由主義、市場原理の立場に立っていました。それゆえ今日、私としては、当時でさえすでに時代遅れだった自由主義への回帰を目の当たりにして、茶番を見ているかのように感じています。私の役割がどのようなものだったかと言えば、何でも学んで何でもこなせるようにするということでした。しかも、それはしばしば楽しいことでもありました。植字工たちと働き、長すぎる記事や短すぎる記事を締め切りぎりぎりまで書き直し、ゲラを校正し、物騒な文章を削除すること（皮肉交じりに伝えられているように、タブーとなるものが三つありました。アカデミー・フランセーズ——というのも、この新聞には多くのアカデミー会員がいたからですが——、教会、それに鉄鋼連合です）。実際のところ、私の本質的な任務とは、執筆することでした——発行所の喧騒のなか、最小限の時間で、内容や方向性をあらかじめ社主と打ち合わせていた論説を「見事に」書くこと。私も次第に気づくようになりましたが、つまるところ、この新聞の内外には二つの派閥があったのです。一つは、アカデミー・フランセーズの単なる会員というばかりではなくその主《ぬし》でもあったアンドレ・ショメックス[二〇]（彼の同意なくしては誰一人アカデミー会員には選出されませんでしたし、モーラスをアカデミー会員にしたのも彼でした）によって代表されるものです。彼はこの新聞にはほとんど姿を現さず、「原稿」を渡しては姿を消したものです。その主たる領域だった内政については、だんだん極右に傾いていきました。休戦後、ショメックスはペタンの上級顧問になって、おそらく最悪の道へとモーラスを引きずり込み、モーラスはその道を辿ることになったとのことです。もう一つの派閥は、この新聞の社主（伯爵でありながらもきわめて純朴な人物）（二一）および記者部全体によって代表されるものです。その政治姿勢は伝統的なものに留まっていました。すなわち、穏当な愛国主義と、偉大な先駆者たちから受け継がれてきた自由主義のことです。私は直ちにその意図するところに気づいたわけではありません。私を編集長に直接任命するか、誰かを通じて任命することで、彼は、ショメックスに抗して古くからの伝統を維持してくれるような後継者を私のなかに見出そうと目論んでいたのです。これはいささかも不名誉なことではありません。しかしながら、数々の出来事によって事態は別の形で決着を見ました。それらの出来事については、すべてが失われたように見えてから、私は、P・レノー（首相）（二二）を頼りにして総括しようと無駄骨を折っていました。私が何よりも必要だと思ったのは、休戦を回避することであり、ペタンを回避することであり、仏英を憲法によって結び合わせようと望んでいたチャーチルの提案を受け入れて、潰走に甘んじるのを避けることだったのです。[二三] その提案は、ド・ゴールも含めて――たとえ彼がその提案の栄えある代弁者の役割を演じたにせよ――全会一致で退けられました。私は、ヴェガン[二四]が、敗北の屈辱がフランス軍のみに圧し掛かるのを防ごうとして、イギリスの敗北を願っていることさえ知りました。我が国の指導者たちのなかでまるで親独的でない人びとの意図するところとて、こうしたものでした。私がどうして、ヴィシーにて国民議会が屈服するのを目の当たりにするという悲しむべき特権にあずかったのかについては、あなたにお話ししたことがあるように思います。それは、第三共和政に非合法な形で終止符を打ち、その権限をすべて、一人の狡猾な老人に委ねるものでした。その人に期待できたのは、目を欺く紛い物の装いをした唾棄すべき内政や外交でしかなかったのですが。そこで、私はすぐに決断しました。それは、拒否することです。占領軍に対する拒否であることはもちろん、私から見れば占領軍よりも下劣なものを体現していたヴィシーを同じく執拗に拒否することでもありました。私はまた、ほぼすべての出版活動が退避していたクレルモン＝フェランに戻るや否や、『ジュルナル・デ・デバ』紙の社主に対して廃業するようお願いしました（この当時、数日のあいだ私が書いていた論説はすべて検閲を受けました。誠実な思考であればまるで受け入れることのできない数々の妥協をせずには、もはや何一つ書くことができなかった証拠です）。彼は廃業を拒否しましたが、政治的な理由からではなく、私的な次元の理由からであって、それをここで明かすことはできません。それで私はこの新聞を離れ、すべての事柄から身を引いたのです。それでも、当時の私が為しうることを考えれば、この国においてもっとも差し迫った脅威のもと（被占領地域）だったからこそ、拒否という判断を申し分なく下すことができたのでしょう。

この期間（おおよそ一九三〇年以降）、私の実際の生活がどのようなものだったかという点については、これまで語ってきませんでした。それは、執筆《エクリチュール》、エクリチュールの運動、エクリチュールの手探りの探求、本質的に夜のエクリチュールの冒険でした（カフカのように、私には夜しか執筆する時間が残されていませんでしたから、なおのことです）。この意味で、私は、文字どおり二つに引き裂かれていたわけです。つまり、しかじかの役に立つべき昼のエクリチュール（私が当時、文章家の助力を必要としていたさる高名な考古学者のためにも執筆していたことを忘れてはなりません）（二五）、そして、私のアイデンティティを変化させたり、あるいは捉えがたく不安を催させる未知なるものの方へと私のアイデンティティを導いたりすることで、私をエクリチュール以外の要請とはいっさい無縁のものとする、夜のエクリチュールのことです。私の方に落ち度があるとすれば、それはきっと、こうして二つにまたがって活動していたという点にあります。けれども同時に、この二つの活動に引き裂かれていたおかげで、私は、切迫していた数々の驚天動地の変化を理解し、それに期待するようになって、ある種の転向《コンヴェルシオン》が早まったのです。右派のエクリチュールと左派のエクリチュールがあるなどと述べるつもりはありません。そんなことをすれば、不条理で、しかも取るに足りない単純化となるでしょう。そうではなく、マラルメのうちに、その詩的要請に秘められた暗黙の政治的要請が見出される（アラン・バディウがしばしば示唆していますが[二六]）のと同様に、エクリチュールにおのれを結びつける人は、既存の政治思想がもたらしてくれるようなあらゆる保証を自らに禁じなければなりません（保守的な政治というものは、数々の偶然に限界を設けます――ナチスの政治は、いくつかの点で底知れぬものでした。それは、自らの規則（人類にかんする人種的概念）にそぐわないものをすべて無に帰すことをもたらす一方で、自分自身を問いに付すことは一度もなかった。当時しばしば間抜けなことに、ヒトラーもまた一人の保守的プチ・ブルジョワだなどと言われていました――だからこそブルトンは、「コントル＝アタック」に続いて起こった謂れのない論争のなかで、バタイユを「超ファシスト」扱いしたわけですが[二七]、これは罵詈以上の意味をもっていません）。

　さしあたり私が述べられる事柄は以上ですが、気づまりを覚えないわけではありません。言うなれば、私はいつもある種の政治的パッションを抱いてきました。公的な事象に対して、私が危機を感じることも頻繁にあります。そして政治思想というものは、たぶんつねに、なお発見されるべきものなのです。さして重要でもないこれらすべての指摘をお許しください。それでも、もしこの内容をフィリップ・ラクー＝ラバルトにお伝えしたいのでしたら、私から直接彼に伝えないからといってどうか悪く思わないでいただきたいと、彼にお伝えください。これは、彼からのとても友好的な手紙に対する返事でもあるのですから。彼の虚弱さを言い訳として引き合いに出すことなどできるでしょうか。私はそうは思いません。活力とはいつもあまりに弱いものですし、力とはつねに望ましいものではありません。

ディオニス・マスコロからフィリップ・ラクー＝ラバルト宛ての書簡

（一九八四年七月二十七日）

フィリップ・ラクー＝ラバルト様

ご連絡をどうもありがとうございました。私がこの件について知ることができたのはつい数日前でしたので、返事を差し上げるのが遅れました。

私に差し向けられたあなたの言葉は、同封のお手紙に記された概略的な打診を詳細に説明してくれるものでした。私の見るところ、あなたは私に、政治的な事柄を取り上げてほしいのですね。その理由の数々について思いめぐらせていますが、たぶん、私は知らぬ存ぜぬを決め込んではならないのでしょう。

とは申せ、私はあらかじめ、一つの曖昧な点を払拭しておきたいと思っています。あなたは、M・B〔モーリス・ブランショ〕の、ファシズムからある種のコミュニズムへの「転向《コンヴェルシオン》」だったと言えよう「転向」についてお書きになった。そしてそこに「典型的な道程」を見ておられる。このように想定される動きをめぐって、私は十全にはあなたに賛成しかねています。もしも事態がそのようなものだったとするならば、伝記的な事柄を、あたかもいろいろな時期から織り成される意味体系――人生にほかならないもの――として高く評価しなければならないか、あるいは、とはいえ同じことになりますが、いくつかの心理学的な「真実」は別にして、F〔ファシズム〕の立場からC〔コミュニズム〕の立場へのM・Bの移行を可能ならしめたであろう、一つの政治的省察の連続性を暗に想定せねばならないでしょう――そして私は、そのようなことは何一つ起こっていないと思っているのです。

M・Bは当初から、書くということのみ行い、作家でしか、それも、作家かつジャーナリストでしかありませんでした。ジャーナリストといっても、ほとんど政治を専門とするものですが。この点はあなたには大した意味がないように思われるかもしれませんが、少なくとも彼の場合には、一つの意味があるに違いありません。よしんば転向があったにせよ、それは、執筆活動《エクリチュール》から思考へのものだと私は思います。その後でエクリチュールは、とはいえまったく別種のエクリチュールですが、おのれの権利を取り戻し、いっそう激しく、しかし今回は、自分固有の言葉遣いを手にしたブランショなる人物のエクリチュールとなった。ここで私がそれなりの考えをもってなぞっている言葉は、ブランショが、三三年から三四年のハイデガーをめぐって、そうした固有の言葉遣いが歪曲されたり、変質したり、さらには腐敗したりする際に陥りうる失墜について論じようとして、ほぼ間違いなく自身のことを念頭に置きながら用いている言葉（『デバ』誌、一九八四年三月）です。[二八]

それゆえ、当初のファッショ的エクリチュール、思考を欠いた動物的な（〈フランス〉や〈国民〉、〈精神〉といった、〈愚かさ〉の一語に集約されるような一連の言葉に依拠した）エクリチュールの後には、最終的に、今日M・Bの思考として知られているもの、つまりそれ自体、後に、ある一つの思考のコミュニズムの要請へと拡大されたはずの思考が続いたわけです。

　私は——あなたに返事を書きながら——以下の点を確認したところです。つまり、三年間（三八年－三九年－四〇年）、彼は完全に沈黙している、ということです[二九]。そして再び文章を発表し始める際、彼はどのような形であれ、もう政治には首を突っ込まないことになります——それはほぼ二十年にわたりますが、その間、政治について彼が書くことはありません[三〇]。また同様に留意しておくべき点は、当初の政治的文書の激越さ——考えられる連続性としては、激越さという点のみが変わっていないわけですが——がこれ以降用いられることになるのが、まったく異なる圏域、まったく別の音域たる数々のレシにおいてだけだということです。私は、いささか途方もないこの転移を無視することができるとは思いません。

これまで述べてきた事柄は、私にはこの道程が「典型的」というのがどれほど疑わしいかをお伝えするためでした。

さらに（私がこのようなことを記すのは、私たちの出会いの準備を整えるためにほかなりませんし、その出会いが実りのないものではないように念じているからです）、ことの発端だっただけに今でも鮮明な思い出ですが、私とM・Bが個人的な親交をもち始めた当初、私たちの共犯性は、議論の余地などまったくなく私たちが一度も立ち戻ることのなかった、ごく素朴な視点からの共通認識、すなわち、文学が現に存在している事実から、コミュニズムは必然だと結論せねばならない、という共通認識に立脚していました。ご推察のとおり、厳密な意味での政治的な省察の余地は、ここにはほとんどありません。でも確かなのは、この種の了解によって、それ以降、考えうるあらゆる政治的な歩みがかなり容易なものとなったに違いないということです。

また、さらに以下の点も記しておきましょう（私は相変わらず、対話の可能性に向けた地ならしをしているにすぎません）。その当時、彼が、アクシオン・フランセーズの諸分派グループに近かった頃のことを仄めかすこともありました。それは、別に恥じらいも憐憫もなく、まるで自分が通り過ぎねばならなかったことを詫びる必要などない幼少期の話のようでした。そして私の方は、ただただ驚嘆したものです。思考というものは、どうしてもある無垢な概念から生まれたかのようにして姿を見せんとすることもありうるといった夢想を、私に固く禁じるような一つの思考に、一度でもかかわりをもてたからです――こんなことがそうめったに起こらないのは、皆さんご存知でしょう。彼は、思考なきエクリチュールとは何なのか、身をもって知っていたのです。

駄弁を弄してしまって、すみません。これは、あなた方がお考えになった形でM・Bの道程が紹介されようとしている論集において、自分が少なくとも調和を乱さずに協力できるのか懸念しているということをお伝えする気づまりによるものです。
とまれ、お目にかかる折にこれらの点をはっきりさせることにしましょう。

敬具

追伸　あなたにお伝えしたことのなかに遠慮があるなどと、勘違いなさらないでください。あなたへの信頼は揺るぎません。私の心を動かしたもっとも最近の書物は、『文学的絶対』(三一)なのです。このことをお伝えしておきます。

訳注

（一）　ツヴェタン・トドロフは、一九八四年の『批評の批評』のなかで、ブランショの思想が文学の観点のみならず政治的視点からも、諸価値を破壊するニヒリズムにいたるものにすぎないとして手厳しく批判し、「ブランショはれっきとした作家兼批評家ですが、しかし私にとってはすでに過去に属する人でしかありません」と述べている。また彼は、「戦前ブランショはある種の反ユダヤ主義の代弁者をつとめていたことが分かっています。彼はあとでそれをやめましたし、私がここで彼を非難するのは、そのことではありません。戦後に彼が諸価値に反対する闘いに入るようにわれわれに提唱したことです」とも記し、一九三〇年代のブランショの政治的発言に言及し、その戦中以降の作品を三〇年代の活動からニヒリズム的な拒否という点で連続したものとして捉えている（Tzvetan Todorov, *Critique de la critique*, Seuil, 1984.〔及川馥・小林文生訳、法政大学出版局、一九九一年、一〇二―一〇四頁)。
(二) Cf. Maurice Blanchot, *Le pas au-delà*, Gallimard, 1973, p.76. そこでは「すべては消え去らねばならない、すべては消え去るだろう」と記されている。一九八〇年代初頭、ジェフリー・メールマンが「『コンバ』誌時代のブランショ」を発表し、ブランショが三〇年代に表明していた反ユダヤ主義を四〇年代の文芸時評においていかに精算するにいたったかを挑発的に論じたのを皮切りにして、ブランショの三〇年代の活動をめぐっては、フランスでにわかに議論がなされるようになった。たとえばマチュー・ベネゼは、メールマンの論文にすぐに反応し、「たしかにブランショは戦前、右派だったし、右派を標榜する数々の新聞に協力した。それは事実だが、だからといって、メールマンのこの文章のように、ブランショが反ユダヤ主義者だったと言い立てることなど誰にもできない」と反論している(Mathieu Bénézet, « Maurice Blanchot, Céline et *Tel Quel* », *La quinzaine littéraire*, 1-15 juillet 1982)。そのような状況下で、ラポルトはこの書簡の数年後に、ブランショの文言「すべては消え去らねばならない、すべては消え去るだろう」をタイトルに掲げた文章のなかで、メールマンを「ブランショの敵」とこき下ろすことになる(Roger Laporte, « « Tout doit s'effacer, tout s'effacera » », *Etudes*, Paris, P.O.L., 1990, p.58)。
(三) Henri Meschionnic, « Maurice Blanchot ou l'écriture hors langage », *Pour la poétique V – poésie sans reponse*, Gallimard, 1978, pp.78-134. ブランショの『彼方へ一歩も』の刊行時に発表されたこの論文

のなかで、アンリ・メショニックは、「ともかくブランショには二つの言語がある。政治的なものと詩的なものという二つの次元に応じて、そのディスクールも公準も同一のものとは言えない。それらは弁証法化を免れている。だからこそ、本質的な弱さ、悲劇性が生じている」と記す（p.81）。そのうえでメショニックは、「〔……〕ブランショにおいて作動している言語観を分析することが肝要なのだが、そうすることで、いかにしてその言語観が文学観を支配し、生きることと書くこと、生と死、個人的なものと社会的なものとの間のあらゆる関係を支配しているのかが示される。その際、彼の言語観は、もっとも困難な事柄が逆説的にもっとも容易な事柄へと転じてしまうという最大の誘惑たる循環性を生み出すのであり、自らを一般化することしかなしえなかった文学の様態を特徴づけているのだ」と述べ、ブランショのうちにニヒリズムを見出して批判している（p.82-83）。

（四）　Jean-Louis Loubet del Bayle, *Les non-conformistes des années 30*, Seuil, 1969 ; édition revue et actualisée, coll. Points, 2001.（ブランショは *Les Anti-conformistes de droite* と表記している）本書は、政治学者のジャン＝ルイ・ルーベ・デル・ベイルによる、一九三〇年代フランスの右派の非順応主義的青年たちの思想運動をめぐる研究。主として一九三〇年ごろに二十代半ばを迎えた——つまり第一次大戦に参加した世代の次の世代である——ティエリー・モーニエやジャン・ド・ファブレーグ、エマニュエル・ムーニエら、種々の思想的背景をもつ若者たちが、ソ連の共産主義とアメリカの資本主義とに挟まれたヨーロッパ的伝統の危機を前にして、数々の雑誌で協力しつつ、フランス的価値を守るための政治改革をナショナリズムの立場からいかにして主張したかを跡づけている。

ルーベ・デル・ベイルは、従来の王党派やカトリックの保守思想から影響を受けながらもあくまでフランスの刷新を目指すこれらの青年たち——しかも高等教育を受けたエリート層という点に特徴がある——のナショナリズム運動は、三〇年代前半においては、おおまかに〈青年右派〉、『オルドル・ヌーヴォー〔新秩序〕』誌、『エスプリ〔精神〕』誌という三つのグループに分けられるとしたうえで、ブランショをモーニエらとともに〈青年右派〉の一人として描いている。この三つのなかでもっともシャルル・モーラスの影響の強い〈青年右派〉の特徴は、何よりも、人間の精神的価値を危殆に瀕せしめる物質主義・唯物論に対して厳しく抵抗する点にあるという。そして彼らは、『ルヴュ・フランセーズ〔フランス評論〕』誌などで、脆弱な第三共和政を峻拒し、反民主主義、反議会主義、反資本主義を唱え、精神的価値の復興を目指す革命を繰り返し主張していた。

本文でこの直後に言及される『ジュルナル・デ・デバ〔論争〕』紙は、フランス革命期の一七八九年に創刊され、一九四四年まで存続した新聞。第三共和政の初期には中道左派と結びつけられることもあった保守系の新聞だが、大戦間期に、鉄鋼連合（後注（一八）を参照）の会長で上院議員でもあったフランソワ・ド・ヴェンデルが所有すると、急速に右傾化した。第二次大戦中は、「英米軍」による「攻撃」を批判するなど、明確にヴィシー派に立ったため、一九四四年夏に廃刊された。ルーベ・デル・ベイルによれば、一九三二年当時、ブランショは『ジュルナル・デ・デバ』紙の国際政治欄の担当者だった（*ibid.*, p.61）。ブランショは本文でその記述に含みを持たせているが、彼は実際のところ、すでに一九三二年から同紙に、「作家と政治」、「カトリックの教義と国際関係」などと題された政治時評や書評を頻繁に発表している（cf. Maurice Blanchot, *Chroniques politiques des années trente 1931-1940*, Gallimard, 2017. 以下 *CP* と略記）。なお、少なくともルーベ・デル・ベイルの書物の二〇〇一年版には、ブランショの兄にかんする記述は見られない。

また、〈若きフランス〉は、一九四〇年秋に発足した総勢百二十六人の組織で、「芸術や文化にかんするフランス的性質の偉大な伝統を刷新する」ことを目指して、ヴィシー政府から助成を受けて運営されていたが、一九四二年春に解散している。ルーベ・デル・ベイルによれば、この組織には、一九三〇年代の右派の非順応主義者たちが再び顔を揃えたという。「〔……〕この文化組織の指導部には、ピエール・バルビエやポール・フラマン、ピエール・シェフェールといった『エスプリ』誌のシンパやエマニュエル・ムーニエと並んで、アルベール・オリヴィエやグザヴィエ・ド・リニャックのように、以前『オルドル・ヌーヴォー』誌に協力した人びと、そして、ジャン・ド・ファブレーグやクロード・ロワ、モーリス・ブランショやクレベール・ヘーデンスといった〈青年右派〉の面々が見られた。この集団の軌跡が示すのは〔……〕、これら三〇年代の「古株」たちが知的に似たり寄ったりの出自だったにせよ集団内で繰り広げた激しい衝突であり、そうした衝突が事態の推移や人間関係に由来するものであると同時に、多少なりとも彼らが共有していた人格主義をめぐる解釈の相違によっても引き起こされていたということだ。ムーニエや彼に近しい人においては、「多元的」で自由主義的な解釈がなされていたのに対して、他の人びとは、「共同体的」で「現実主義的」な解釈が施されていたが、それは、ヴィシー体制の権威主義的展望によりいっそう適うものだった」(*ibid*., p.452)。

とはいえ、〈若きフランス〉の実態やブランショの参画の実情は、かなり複雑だったようである。ナチス占領下にあったパリとヴィシー政権下のリヨンの双方で活動が開始され、ブランショはパリの文学担当者として参加したが、さまざまな出版計画のうちで実際に刊行されたのはわずか一冊の書物のみだった。四一年秋には、ヴィシーに対して面従腹背の姿勢を取ろうとするリニャックと、〈若きフランス〉の中心人物だったシェフェールとの路線対立が鮮明となり、リニャックはこの組織を解散させようと働きかけ、彼とブランショたちは新組織を創設すべく動く。その結果、四二年三月に教育相から〈若きフランス〉の解散が通告されると同時に、新たな組織の結成がリニャックに託される。しかし四月に入り、ピエール・ラヴァルがヴィシー政府の首相となり、より明確に対独協力の段階に入ったことによって、この新組織の計画は頓挫している(クリストフ・ビダン『モーリス・ブランショ』上田和彦ほか訳、水声社、二〇一四年、一四六―一五二頁)。

(五)　ブランショは、一九三七年十二月、「分派者が求められている」と題された文章を『コンバ〔闘争〕』誌に発表している（« On demande des dissidents », *Combat*, n° 20, décembre 1937 ; *CP*, pp. 474-478)。

この文章は、三〇年代のブランショの最後の政治時評である（これ以降、三〇年代にブランショが発表するのは、自らが編集長を務めていた雑誌『オ・ゼクート〔聞き耳〕』誌にて秘書だったクロード・セヴラックへの追悼文、サルトルの『嘔吐』をめぐる評論、ヘーデンス著のネルヴァル論の書評、そしてフランス詩選集の書評である）。それゆえ、ここで大まかに三〇年代のブランショの政治時評の流れをまとめておきたい。

ブランショは、一九三一年七月の「マハトマ・ガンディー」と題された時評を皮切りに〈青年右派〉の論陣を張るが――文芸時評としては、アンリ・ダニエル＝ロプス論「私のなかの二人」がこれに先んじて同年二月に発表されている――、三〇年代を通じてコンスタントに文章を発表していたわけではない。三三年末まで『ジュルナル・デ・デバ』紙や『ランパール〔城壁〕』紙（後注（一三）を参照）などを舞台にして百本近い政治時評を発表してきた彼は、一九三四年の「二月六日事件」を境にして、一九三五年末までのほぼ二年の間、数本の時評しか発表していないからである。

「二月六日事件」とは、政府要人の絡む疑獄であるスタヴィスキー事件――ユダヤ系のセルジュ・アレクサンドル・スタヴィスキーによる金融詐欺事件で、一九三三年末に事件が発覚するや、スタヴィスキーは三四年初めに死体となって発見されるが、自殺と断定された――に端を発して、アクシオン・フランセーズをはじめとする極右リーグによる蜂起が起こり、死者まで出したうえに、クーデターとしては失敗に終わる事件である。結果として、二月七日に内閣が総辞職し、右派閣僚を含む新内閣が成立するが、二月十二日にはこの新政府に反発する左派によるゼネストが行われるなど、第三共和政における議会制民主主義の危機が露呈した。この事件をきっかけとして、翌年には社会党と共産党と急進社会党が連合してフランス人民戦線が成立し、後の三六年に政権を取ることになる。

この事件までのブランショは、『危機は人間のうちにある』(*La crise est dans l'homme*, Redier, 1932) などを著したモーニエらと同様に、自分の生きる時代を危機の時代と捉え、ブルジョワジーが幅を利かせ数の力が支配する民主主義に対して、そして、資本主義であれ共産主義であれ物質的価値に重きをおく思潮に抗して、伝統的で精神的な価値を守る手段として、第三共和政を倒す革命を主張する。現代社会を人間的価値の危機とするモーラスがあくまでも復古を求めるのに対して、ブランショやモーニエら〈青年右派〉は革命を主張するわけである。

だが、頽廃した社会を踏み台にして精神的価値へ向かう必要と、物質主義に侵された社会を倒す必要というこの二重の要請から、ブランショにおける革命のパラドクスが生じてくる。彼は一九三二年の文章「魂のない世界」で、革命の一つの(あるいは唯一の)雛型としてロシア革命を次のように分析している。産業化され物質的価値が重きをなしている現代世界においては物質的充足が精神や思考を凌駕するのだが、そのさなかにあっても、革命はもともと疎外から人間を解放することを目指していたはずである。しかし実際に革命を成功させたロシアにおいては、「反対に、革命の神話が形成されたのは物質的な幸福を執拗に追い求めることにおいてであった」(Maurice Blanchot, « Le monde sans âme », *La revue française*, nº 3, 25 août 1932 ; *CP*, p.81)。つまり、ロシアにおいて個人は、ほんらい個人の解放を目的としていた革命によって、逆に、生産や消費を管理するために全体主義的国家にあますところなく統合されてしまっている。かくして革命は裏切られてしまった。必要とされるのはそれゆえ「〔革命に〕その精神的意味を取り戻させ、物質主義から力を得ている紛いものの革命ではなく、その革命を否定する真正な革命を望む」ことだ(*ibid.* ; *CP*, p.88)、というわけである。つまり、完璧な革命はその完全さゆえに、曲りなりにも構築され実在しているこの世界の内部からは起こしえないというのであり、そこでブランショは、革命の概念の純化を選び取るのであって、革命がいかに現実を変えるかと問うのではなく、革命はその本来の力を保つためにいかにあらねばならないかと問い始めるのである。そして革命は、この社会の論理的帰結としてではなく、あくまで突如として外から誕生し計画も予期もできないがゆえに、そしてその場合にのみ、精神的価値へと向けた社会の完全な変革、救済にも似た断絶をもたらすことができるというのである。

　他方で、ドイツでヒトラーが政権を握った一九三三年、ブランショは『ランパール』紙に六十本以上の政治時評を発表している。そのなかで「ドイツはすでに武装している。ドイツは軍事力を再建した。ドイツは、戦いという運命を待ち望む人民の闘争心を建て直したのだ」などと書いているように（Maurice Blanchot, « La levée en masse de l'Allemagne », *Le rempart*, n° 22, 13 mai 1933 ; *CP*, p.148）、この時期から、ブランショの主たる関心は現実の国際関係に向かい始める一方で、「フランスを裏切り、フランスに値しない政府によって覆い隠されているこのフランスは、相も変わらず、本来あるべき姿からはほど遠い」とも述べているように（Maurice Blanchot, « Le Quai d'Orsay contre la France », *Le rempart*, n° 7, 28 avril 1933 ; *CP*, p.118）、第三共和政のフランスという敵の名をはっきりと記すようになる。こうして三三年の時点で初めて、ヒトラーのドイツ、そしてそれに強硬に対抗できないフランスという具体的な敵が名指される。無論、こうした反ヒトラーの態度にはモーラスの反ドイツ的姿勢の影響が認められるだろう。

ところが先述のように、「二月六日事件」の後から『コンバ』誌が創刊される一九三六年初めまで、ブランショは、周囲の人びととは異なり——たとえばいずれも〈青年右派〉であるジャン＝ピエール・マクサンスやロベール・フランシス、そしてモーニエは、一九三四年に『フランスの明日』（*Demain la France*, Grasset, 1934）という共著を緊急出版している——、ほぼ沈黙を守る。

そして「二月六日事件」から二年後の一九三六年、モーニエら〈青年右派〉の面々と、ファシズムに傾倒していたロベール・ブラジヤックらが集まって、月刊の『コンバ』誌を創刊。『コンバ』

誌編集部はさらに、三七年の一年間を通じて、自らの意見をより広く伝えるために、週刊の『アンシュルジェ〔叛徒〕』紙（後注（一一）を参照）を刊行する。ブランショは、一九三六年二月から三七年七月まで、この二つの媒体に継続的に政治時評を発表することになる一方で、『アンシュルジェ』紙では三七年九月の休刊時までほぼ毎号、文芸時評を執筆する。

ブランショが『コンバ』誌に初めて寄せた文章は、興味深いことに、「二月六日の終焉」と題されている。そこで彼は、この暴動の顛末を、「それ以降いまだに続いている幻影がある」が「この日付はもはや象徴でしかないのだ」と断じている（Maurice Blanchot, « La fin du 6 février », *Combat*, nº 2, février 1936 ; *CP*, pp.366-367）。他の右派の非順応主義の青年たちの多くが来るべき革命の可能性を見出しているまさにその場で、既に革命を世界の個々の出来事から切り離し、概念として純化し始めていたブランショは、革命の最後の可能性を、あるいはむしろ真正なる革命が政治の現場において完全に消滅していくのを見て取るのであり、いつまでも頓挫したクーデターを感傷的に振り返っているべきではないとして、第三共和政に対する批判を激化させていく。

『コンバ』誌と『アンシュルジェ』紙での政治時評、なかんずく、ユダヤ系フランス人のレオン・ブルム率いる人民戦線内閣が樹立した三六年六月以降の文章については、政府やとりわけブルム個人に対する主張の激越さやその反ユダヤ主義から、しばしば論議の的となってきた。ブランショはたとえば、「フランスの美しい血筋を実際に支配してしまったかのように思われ、あらゆる権力を掌中にしていると思い込んでいる人民戦線の政治家どもには、テロリズムが効果的なのだ」などと記し、以前の精神主義的革命の主張から踏み込んで、より一層直接的な暴力をも辞さない主張を繰り広げ（« Le terrorisme, méthode de salut public », *Combat*, n° 7, juillet 1936 ; *CP*, p.379）、あるいは「ブルムは、自分が語りかける国民にとってもっとも軽蔑すべきものを正確に体現している。すなわち精神遅滞のイデオロギー、老いぼれの精神、外国人種のことである」などと排外主義的な激しいナショナリズムを訴えている（« Blum, notre chance de salut... », *L'insurgé*, n° 3, 27 janvier 1937 ; *CP*, pp.399-400）。

　こうした猛々しい主張は最終的に、「［モーリス・］トレーズやブルムが愛国者呼ばわりされるとき、我々は自分が売国奴であることに誇りを感じるのだ。この売国奴は、自らが祖国をその過去に相応しいものにし、栄光に見合うものとして、休戦以来何年経とうと勝利の凱歌を上げるものとして作り直すときにはじめて、祖国を認めることができるようになるのだと覚悟を決めている」というように（« Blum provoque à la guerre », *L'insurgé*, n° 12, 31 mars 1937 ; *CP*, p.429）、第三共和政という姿の「合法的なフランス」は、自然に根づいた本来存在すべき「実在的なフランス」ではないがゆえに否定されるべきだ、という逆説的なナショナリズムの繰り返しにいたるが、ブルム内閣が総辞職する三七年夏までの彼の政治時評は、スペイン内戦やヒトラーの台頭など国際政治の動きを前にして手を拱いているフランス議会、そして人民戦線内閣のなかでもとりわけブルム個人への厳しい批判を自己反復しており、筆鋒の鋭さとは裏腹に、いわば自動化した平板な言説に終始している。

だが三七年十二月、ブランショは、それまでの激しい論説から一変した調子の「分派者が求められている」と題された文章を『コンバ』誌に発表し、その後は三八年一月、「いかにして国民を金銭から解放し、民主主義から社会主義を解放し、全体主義的正統から文化を守るのか」と題された講演会の案内に名を連ねるのみである（« Comment libérer la Nation de l'Argent, libérer le Socialisme de la Démocratie, défendre la Culture contre les orthodoxies totalitaires », *Combat*, n° 21, janvier 1938）。「分派者が求められている」においてブランショは、それまでほぼ一年半にわたって人民戦線内閣を標的にして激越な言葉遣いで飽くことなく主張してきたナショナリズム、反民主主義、反議会主義、反資本主義、および反共産主義とは一転して、思想の左右を問わずに「ありとあらゆる党派に対立」する者としての「分派者」が要請されているのだと主張する。彼によるとそれは、「右派でも左派でもないという卑俗な合言葉を再び口にする」ことでもなければ、「いっさいの党派を超越したところに自ら名乗り出る」ことでもないという（*art. cit.*; *CP*, p.477）。そうではなく、分派とは、よりいっそう右派ないし左派たらんとして、右派ないし左派に鋭く対立するという立場なのである。彼は、「昨今の状況下では、分派の真の形態とは、一つの立場を捨て去りつつも、それと対立する立場に対しても同様の敵意を貫くものであること、あるいは、この敵意を際立たせるために一つの立場を捨て去るものであることが理解されよう。真の共産主義的分派者とは、資本主義の信念に接近するためにではなく、反資本主義闘争の本当の条件を見極めるために、共産主義から離反する者である。同様に、真のナショナリズム的分派者とは、インターナショナリズムに接近するためにではなく、経済活動や国民自体をも含むあらゆる形のインターナショナリズムに対して闘うために、ナショナリズムの伝統的定式を無視する者である」と述べ（*ibid*.; *CP*, p.478)、細分化してもはや共通の戦線をもたなくなった党派の論理を解体して行き詰まりの打開を目指して、分派の必要性を呼びかけている。

このように、「分派者が求められている」という文章は、当初から既存の右派勢力の分派として活動し離合集散を繰り返してきた〈青年右派〉、さらには非順応主義的右派のなかにあって、それまでの分派に対立して、より明確に問題の所在を見定めようと試みるさらなる「正真正銘の分派」たらんとする決意表明であり、三〇年代の自身の政治的活動を相対化する宣言として読むこともできる。この意味においても、そしてこの文章が三〇年代のブランショの政治的文章の最後のものという意味でも、ここに示される立場は、三〇年代の彼の政治的姿勢の一つの到達点である。

そして、分派へと向かうブランショとは異なって、「合法的なフランス」を否定し続けた〈青年右派〉のティエリー・モーニエらは、第二次大戦期に第三共和政が崩壊することを言祝ぎ、対独協力の道を進むことになる。ただし、対独協力と一口に言ってもけっして一枚岩ではなく、あくまでもフランスの国体に拘ってヴィシー政権を支持するモーラスやモーニエのような者と、ブラジヤックのように、ナチズムおよびファシズムに傾倒してヴィシーをも退け、ナチスによる「ヨーロッパ新秩序」を信奉する者とに分かれている点には留意すべきである。パリ解放後に始まる対独協力者に対する粛清裁判においては、対独協力者はいずれの立場であれ、対敵通牒の罪に問われたため――ブラジヤックは死刑に処され、モーラスは終身禁固刑となった――対独協力の意味合いが見えにくくなっているからであり、それに伴って、戦後のフランスが自国の歴史においていったい何を見ようとしなかったのかが、かえって浮き彫りにされるからである。

（六）　ジョルジュ・クレマンソー（一八四一―一九二九）は、パリ・コミューン期から第三共和政期に活躍し、首相も務めた政治家。「民主主義とは獅子を喰う蚤の力のことだ」という言葉を残している。ドレフュス事件に際しては、『オーロール』紙の編集主幹としてエミール・ゾラの「われ糾弾す」を掲載し、ドレフュス派の論陣を張る。第一次大戦末期の一九一七年に首相に返り咲くと、フランスの敗北主義や反戦運動を抑圧し、強権的にフランスを勝利に導いて、ヴェルサイユ条約に調印した。

（七）　「オルドル・ヌーヴォー」は、アレクサンドル・マルクが一九二九年につくった教会一致運動の青年グループ「クラブ・デュ・ムーラン＝ヴェール〔緑の風車クラブ〕」に、ロベール・アロンとアルノー・ダンデューが三〇年に参加したことで誕生した、三〇年代の右派非順応主義の一つの動き。一八九八年生まれのアロンは、三〇年代の右派非順応主義者たちのなかでは比較的年長で、第一次大戦での従軍経験があった。彼は、当初はシュルレアリスムに接近したが、ダンデューと出会うことで「オルドル・ヌーヴォー」の中心人物となる。一八九七年生まれのダンデューは、国立図書館の司書で、アロンと共に『フランス国民の退廃』（一九三一）、『アメリカという癌』（一九三一）などの共著を刊行するものの、三三年に死去。

アロンとダンデューは、三三年に雑誌『オルドル・ヌーヴォー』誌を創刊する。そこには、ダニエル＝ロプスやドゥニ・ド・ルージュモンらが中心的に参加。その基本的な姿勢は「人格主義」ではあったが、ムーニエの『エスプリ』誌ほど教条主義的ではなく、革命を主張するとはいえ、王党派というよりは精神的価値の再興に力点を置いていたため、〈青年右派〉と『エスプリ』誌グループと間の緩衝材のような役割を果たした。イタリアのファシズムもロシア革命もアメリカのフォーディズムもすべて物質的価値観に毒されている以上、直ちに精神主義革命を行わねばならないと主張する彼らは、『オルドル・ヌーヴォー』第三号で、モーラスのスローガン「何よりも政治を（politique d'abord）」をもじって、「何よりも精神性を（spirituel d'abord）」を掲げている。

また、アロンとダンデューは三三年、『必然的革命』と題された書物を刊行。そこで二人は、連邦主義とコーポラティズムに基づいて、経済を精神的価値の再生に役立たせることを訴えつつ、「精神と観念、精神的なものと理念主義とを混同してはならない。［……］今日、再発見せねばならない精神的なものとは、人間的活動の心的本質として定義されうる」と記して、人格主義的主張を繰り広げている（Robert Aron et Arnaud Dandieu, *La révolution nécessaire*, Grasset, 1933 ; rééd., Jean-Michel Place, 1993, pp.135-136）。

なお、ここでブランショは「この誌名そのものが背筋を凍らせます」と記しているが、ナチスは人種理論に基づいた新しいヨーロッパの計画を「新秩序」と呼んでいたわけで、アロンとダンデューはこの表現をナチスとは別の意味合いで用いている。

（八）『コンバ』誌は、ド・ファブレーグ、モーニエ、およびルネ・ヴァンサンによって一九三六年初めに創刊され、一九三九年七月まで刊行された月刊誌。参加者には、ブランショのほかに、ジョルジュ・ブロン、ヘーデンス、そしてブラジヤックらがいた。

政治的姿勢の対立からほどなくして『コンバ』誌から離れるブラジヤック自身が、「［『コンバ』誌には］モーラスとプルードンの文章が同じ誌面に掲載されたが、これは時代の要請にかなっていた」と回顧しているように（『われらの戦前／フレーヌ獄中の手記』高井道夫訳、国書刊行会、一九九九年、一四七頁）、この雑誌の編集部はかなり雑多な集合だった。

『コンバ』誌で中心的な役割を果たしていたモーニエは、創刊の辞のなかで「ここで展開しようとしている闘いは、必然的な連合や真正なる関係に沿って知性と現実とを改めて統合し、和解させるためのものである。［……］理想主義的な行き詰まりと物質主義的な破滅を前にして、今や新たな現実主義を復活させるべきなのだ」と記す（*Combat*, n° 1, janvier 1936）。つまり、「二月六日事件」

以前のような精神主義革命はもはや問題ではなく、知性の将来を守ることこそが喫緊の課題だというわけである。そしてこの雑誌の基本的な試みは、ナショナリズムとサンディカリズムとインターナショナリズム的でない社会主義とを、反民主主義や反資本主義を目指す運動のなかで統合することにあった。

なるほど、本文で後に触れられる『アンシュルジェ』紙に比べれば『コンバ』誌全体のトーンは落ち着いたものにも見えるが、その主張はとうてい「慎ましいもの」とは言えない。たしかに、読者数が二、三千人だったという点では「慎ましい」のかもしれないが、「右派のコキュどもへの手紙」(ブラジヤック、三六年三月)、「救国の手段としてのテロリズム」(ブランショ、三六年七月)などといった、猛々しいタイトルの論説が紙面を埋めているのである。さらに、モーニエは同誌で(三八年六月)、反ユダヤ主義について、「合理的反ユダヤ主義(antisémitisme raisonnable)」——そもそも差別に「合理性」が存在するのかといった問題は措いておく——と「野蛮な反ユダヤ主義(antisémitisme barbar)」とを分けたうえで、「合理的反ユダヤ主義は、一つの民族全体が有罪であるという神秘主義的信念からも、この民族が劣等であるという複合観念からも解放されねばならない」と述べ、「合理的反ユダヤ主義」を標榜する。それは、フランスにおける「フランス人」と「ユダヤ人」との間の権力の不均衡を標的にするものであり、政治問題と社会問題を解決すればユダヤ問題も解決されたことになるという理屈である。

（九）　ロベール・ブラジヤックは、高等師範学校にてモーニエらと友人となり、一九三一年から『アクシオン・フランセーズ』誌にて文芸時評を担当する。このように、当初はモーラスの影響下にある〈青年右派〉の一人だったが、三五年以降、ファシズムにはっきりと傾倒し、三七年からは『ジュ・スイ・パルトゥ』紙の編集長を務める。同紙はこの頃から反ユダヤ主義の主張を強めていき、第二次大戦中には、ヴィシーによりもナチス・ドイツに接近するパリの対独協力の象徴となる。ブラジヤックは、戦争初期に動員されて捕虜となった後、四一年に解放されると、『ジュ・スイ・パルトゥ』紙での活動を再開。激越な反ユダヤ主義を唱えつつ、積極的に対独協力を推し進める。たとえば、四二年七月にパリで行われた無国籍のユダヤ人一斉検挙、いわゆる「ヴェルディヴ事件」以降の対ユダヤ政策をめぐり、子供にも及ぶ措置を残酷な蛮行だと批判した聖職者たちに対して、ブラジヤックは、「トゥールーズ大司教は、こともあろうに、非占領地域における無国籍のユダヤ人に対して行われた措置に抗議し、〔ペタン〕元帥の政府が外国に使嗾され続けていると糾弾する。彼は狼藉や別離という言葉を用いているが、それは我々としては納得できない。なぜなら、ユダヤ人は皆まとめて隔離せねばならないのであって、チビどもも残すべきではないのだから。この点では人道的立場は賢慮と一致する」と書きつけた（« Les sept Internationales contre la patrie ». *Je suis partout*. 25 septembre 1942; *Œuvres complètes*, tome XII, Le club de l'honnête homme, 1964, p.481)。大戦末期には対独協力に幻滅してはいたものの、彼はパリ解放後、対独協力者に対する粛清裁判において対敵通牒に問われ、四五年二月、死刑に処された。

とはいえ、ファシズムについて、ブラジヤックは「フランスのファシズムは政治的イデオロギーではなかった。〔……〕フランスのファシズムとは一つの精神なのだ。〔……〕これは友愛の精神だ。わたしたちはこの精神を、すべてのフランス国民を結びつける友愛の精神にまで高めたいと願ったのだった」と記しており（『われらの戦前／フレーヌ獄中の手記』前掲書、二五一頁）、自身の標榜するファシズムが、イタリアやドイツのそれとは異なり、国家や経済の体制としてよりは、俗物から切り離され、同志愛に支えられた陽気な青春を取り戻そうとする衝動であることを明らかにしている。

本文でブランショが記しているように、ナチス占領下の時期は言うに及ばず、三〇年代においても、ブランショとブラジヤックは、ブラジヤックが一時期『コンバ』誌に参加していたとはいうものの、モーニエを共通の友人として一定の距離があったようだ。

（一〇）　アクシオン・フランセーズは、十九世紀末のドレフュス事件の際に、反ドレフュス派のモーリス・ピュジョとアンリ・ヴォージョワが愛国主義の組織として結成した「アクシオン・フランセーズ委員会」、および雑誌『アクシオン・フランセーズ』誌を母胎とした政治団体。当初の目的は、「自由で共和主義のフランスを再建すること、アンシアン・レジームのように内部はきちんと組織され、対外的には強い国家を再建すること」にあった（Maurice Pujo, Lettre publié dans *L'éclair*,

19 décembre 1898 ; cité par Eugen Weber, *L'action française*, traduit de l'angalis par Michel Chrestien, Fayard, 1985 ; coll. Pluriel, p.36)。

一八九九年、そこにモーラスが加入して、組織は大きく変化する。彼は、当時はほとんど誰も唱えていなかった王政復古の主張を明確に掲げて、古典文芸の復興を目指すと同時に地方色の再興を唱えるナショナリズムの組織へと変貌させていき、政教分離法が可決された一九〇五年、政治同盟アクシオン・フランセーズを発足させる。その後、日刊の『アクシオン・フランセーズ』紙を一九〇八年に創刊。政教分離法を制定した共和政およびその基盤たる民主主義に対抗して、カトリック教会の擁護を標榜する一方、フランス各地に支部を設置して会員を増やし、街頭行動も辞さなかった。

アクシオン・フランセーズおよびモーラスの影響力は、とりわけ第一次大戦期後にかなり拡大し、文学界では一九一九年にアルベール・ティボーデが『シャルル・モーラスの思想』を刊行するなど、モーラスを評価する動きが見られた一方で、『アクシオン・フランセーズ』紙の発行部数も、増減を経ながら一九二四年から二六年には九万部、三四年には十三万部を数えた。しかし、三〇年代を通じて、さまざまな分派を生み出しながら、その影響力は徐々に衰退していった。

ところで、南仏に生まれたモーラスは、フェリブリージュ（プロヴァンス語の復権運動）や、イポリット・テーヌの決定論やショーペンハウアーのペシミズム、そしてとりわけオーギュスト・

コントの実証主義に影響を受けた文筆家だったが、ドレフュス事件を機に、何世紀もかけて築き上げられた秩序を墨守することこそが社会に安寧をもたらすと考え、一九〇〇年に発表した『王政にかんする調査』を皮切りに、個人よりも国家が優先するという「伝統保存ナショナリズム(nationalisme intégral)」という王党派の主張を繰り広げる。フランス革命後の人為的な民主主義に基づく共和政のフランスは、彼にとっては、ただの「合法的なフランス」にすぎず、再興すべき「実在的なフランス」ではない。「実在的なフランス」とは、中央集権的な共和主義とは根本的に対立し、長年にわたって存続していた世襲による封建的な王政の国家である。モーラス自身は棄教していたが、「伝統保存ナショナリズム」においては、カトリック教会が特権性を回復するものとされ、フランスの各地方もまた権力を取り戻すと同時に、国家火急に際しては王の下に参集するという秩序が構想されている。ただし、王政復古という世俗的な目的のためにカトリックを用いる姿勢や反共和政の主張の過激さから、『アクシオン・フランセーズ』紙は、一九二六年にヴァチカンから断罪されて支持者の一部を失うほか、一九三七年にはオルレアン家とも絶縁。第二次大戦に際しては、「ただフランスのみ」を合言葉としてフランスの国体の護持を訴え、「自由・博愛・平等」に代えて「祖国・家族・労働」を国是とするヴィシー政府とその首班であるペタン元帥を支持し続けたが――この点で、戦中パリに留まったブラジヤックらとは異なっており、実際、彼は四一年にモーラスと袂を分かっている――、パリ解放後、対敵通牒の罪に問われ終身禁固刑を受ける。

王党派としての主張は、モーラスの場合、その文学論と軌を一にしている。というよりはむしろ、彼の文学観を貫いているのは、徹底した反民主主義であり、革命否定の姿勢という政治思想なのである。「革命とロマン主義」と題された一九二二年の論文で、モーラスは「ロマン主義と革命とは、植物の茎にも似ていて、見た目は区別されるのだが、同じ根から生えているのである」と記し（Charles Maurras, « Romantisme et révolution », *Œuvres capitales : essais politiques*, Flammarion, 1973, p.31）、ロマン主義とフランス革命が双生児の関係にあると見なしている。そして、個人主義に依拠して自我の解放を唱えたとされるロマン主義の「美学上の過ち」に対して、彼は、何よりもフランス革命という「政治上の過ち」をその原因とする。「政治的に大きな過ちは、〔……〕美学上の過ちを証し立てるものである」と彼は記し（*ibid.*, p.41）、まずもって、政治的な革命が美学上の革命を規定するという。

そのモーラスが称揚するのは、古典主義の芸術であり、何よりも、さらに遡った古代ギリシアの芸術である。彼は、「たとえ私がアッティカを離れることができたとしても、アッティカは私から離れはしない。アッティカよ。その感じ取られぬ現前は、私の知らぬ間に、生と死と時間と永遠とにまつわる私のもっとも強い夢想に、たえず力を貸してきてくれたのだ」と記し（Charles Maurras, *Les vergers sur la mer*, Flammarion, 1937, p.XIV）、古代ギリシア芸術が、自分の芸術論のみならずおのれの人生そのものとは切り離せないものであることを明らかにしている。そうして彼は、古代ギリシア彫刻に「完璧な美」を見出す（*ibid.*, p.100）。

　モーラスはまた、革命後の十九世紀のフランス文学についても、政治思想の枠組みに基づいて判断を下す。彼は、『キリスト教精髄』を著したシャトーブリアンを評して、「古きフランスは、ユダヤの予見とキリスト教的感情、そして古代ギリシアやローマ世界から受け継がれた原理を体系化することで人類本来の秩序を担うにいたったあの伝統的なカトリシズムを表明していたのだが、シャトーブリアンはこの原理の強かな実質を無視してしまった」と述べて（Charles Maurras, « Trois idées politiques », *Œuvres capitales*, *op.cit.*, p.65）、シャトーブリアンのキリスト教観が誤ったものだと批判し、『フランス革命史』を著したミシュレについても、「ミシュレ以上に奴隷根性を備えた人などいるだろうか。彼の輝かしい知性は、〔……〕自分自身をまったく統御できなかったのだ」という罵倒が書きつけられる（*ibid.*, p.70）。ところが、作品をとおして何よりも作家の人物像を見極めようとするサント＝ブーヴは、後に離れるものの一時期はロマン派の中心人物ヴィクトル・ユゴーのセナークルに入ったことがあるにもかかわらず、モーラスは彼を高く評価する。モーラスによれば、サント＝ブーヴは「観察の欠如、批評感覚の停止、論理能力の深刻な損傷」というロマン主義の三つの欠陥が支配的な時代にあって、「革命とはつねに気分というものの叛乱なのだが、サント＝ブーヴは、その知性を介入させるときにはいつも、この叛乱を鎮圧したのだ」という（*ibid.*, p.79）。サント＝ブーヴはモラリスト的で実証主義的な批評を展開したという点で、モーラスは彼を評価するのである。

このように、モーラスの文学論は、フェリブリージュ運動が文学活動の出発点だったとはいえ、政治的枠組みをとおして文学を読むというものであって、そこには、文学をとおして改めて政治思想を問い質すという契機は含まれていない。つまり、王政の秩序が均整の取れた古典主義を生み出したのに対して、民主主義は文学を混乱に陥れるばかりだった、というのである。そして、『アクシオン・フランセーズ』紙に発表されているような文芸批評は、〔……〕作品を判断する際に客観性を目指してはいない。それはたしかにイデオロギーに強く彩られ、文学の道具化を引き起こしている〔……〕」との分析も見られるように（Paul Renard, *L'action française et la vie littéraire*, Septentrion, 2003, p.144)、文学を政治的観点から一つの道具として捉えるこのような姿勢は、モーラスの近しい弟子であるブラジヤックやモーニエたちにも引き継がれるのだった。

そして、本文のこの箇所の直後でブランショが記しているように、「伝統的な文学観」に則ってラシーヌなどを読み込んでいたモーニエら、アクシオン・フランセーズ周辺の人びととはきわめて対照的に、ブランショ自身はたしかに、三〇年代を通じた文芸時評においてつねに、同時代の新刊のみを取り上げて批評していたのである。

（一一）　『アンシュルジェ』紙は、一九三七年一月に創刊された週刊の新聞。編集部には、モーニエ、マクサンス、ピエール・モニエ、ジョルジュ・ブロン、ブランショらが名を連ねた。「アンシュルジェ」という紙名が、十九世紀の作家でパリ・コミューンの闘士だったジュール・ヴァレスの同名の小説から採られたことが示しているように、また、創刊号には、ヴァレスと並んで、エドゥアール・ドリュモン、プルードン、そしてバクーニンの名が引用されていることが物語るように、本紙は、何がしかの政治的イデオロギーの主張というよりも、まずもって現体制——人民戦線内閣の第三共和政——に対する反抗に力点を置くものだった。反民主主義、反ユダヤ主義、ナショナル＝サンディカリズムを掲げるその論調は、『コンバ』誌にも増して激しいものであり、ブルムと仏共産党書記長のトレーズに対する脅迫（「政府が手を下せない以上、まもなく、フランス人が自分の手で正義を執行しなければならなくなるだろう」（*L'insurgé*, n° 8, 3 mars 1937））をめぐって、編集部は、殺人および暴力の教唆に問われて捜索を受けるのだが、編集部は逆に、「ブルムは我々を告訴した。ありがとう！」と記すほどに反人民戦線の姿勢を過激化させていた（*L'insurgé*, n° 9, 10 mars 1937）。

（一二）　アンリ・ジロー（一八七九—一九四九）はフランス陸軍の軍人。第二次大戦期には捕虜となるも脱走し、アメリカの協力のもとに、北アフリカのフランス軍司令官となる。ヴィシー派に不信感を抱くド・ゴールとの間には、軍事上の作戦面のみならず政治的姿勢においても確執があったが、一九四三年には共同で国民解放委員会を組織した。

ジャン・リゴーは、ジローの側近だった王党派のジャーナリスト。第二大戦期には、北アフリカで対独レジスタンス組織「五人組」に参加した。このグループは、反独のみを共通の目的として結成されたグループで、ペタン派の実業家でルジウール油脂会社（ブランショは Huiles Lesueur と記しているが正しくは Huiles Lesieur）の社長を務めたジャック・ルメーグル＝デュブルイユらが参加していた。リゴーと王党派のアンリ・ダスティエ・ド・ラ・ヴィジュリが中心となって組織を拡大し、アメリカ軍との協力交渉を行った。フランスの国体護持を掲げるペタン派にも、モーラスのように対独協力に走る者もいれば、ダスティエ・ド・ラ・ヴィジュリのように対独レジスタンスに進む者もいたわけである。

（一三）　『ランパール』紙は、ポール・レヴィによって、「あらゆる権力から自由な新聞」として、一九三三年四月に創刊され、九月まで刊行された日刊紙。マクサンス、モーニエ、ブランショらが、なかでも反ヒトラー、反共産主義の姿勢を強く打ち出していた。ポール・レヴィ（一八七六―一九六〇）はジャーナリスト。一九一八年に『オ・ゼクート』誌を創刊。ブランショは、一九三四年から一九三七年までこの雑誌の編集長を務め、また一九四〇年六月から七月にかけてユダヤ人であるレヴィが南仏に逃亡中の間、編集を任されていた。

〈青年右派〉が中心的メンバーとなり、ナショナリズム、反議会主義かつ反資本主義を掲げていた

（一四）　ジョルジュ・マンデル（一八八五―一九四四）はフランスの保守派の政治家。クレマンソーの新聞『オム・リーブル〔自由人〕』紙などのジャーナリストだった彼は、クレマンソーに付き

従う形で政界に入る。一九四〇年には休戦に強く反対し、戦争継続を唱えて、北アフリカに臨時政府を樹立することを画策するも、ヴィシー政府によって捕らえられ、ドイツ当局に引き渡される。一九四四年、フランス国内の対独レジスタンスを掃討する目的でヴィシー政府が組織したフランス民兵団によって暗殺。

（一五）　この書簡と同じ年に雑誌『デバ〔論争〕』に発表されたブランショの文章「問われる知識人」（« Les intellectuels en question », *Le débat*, n° 29, mars 1984〔拙訳、月曜社、二〇〇二年〕）に読まれる、以下のような記述を指すか。「知識人たちが、あらゆる国のファシズムに対して、そしてまず最初に国家社会主義に対して集結し始めた際、どのような手段でそれに対抗するかという問題がすぐに持ちあがった。〔……〕しかしながら、ラインラントは侵攻された。今日では周知のことだが、これが決定的な瞬間だった。武力で対決すべきだったのだろうか。フランス政府の大方はそう考えていた。軍隊の配備さえなされた。何人かのジャーナリストたちはこの決定を支持した。だが、いったい何人の知識人がこの時、すでにおよび腰だった政権を助けようと立ち上がっただろうか。〔……〕こうして、反ファシズムは反ファシズムたることを断念し、ヒトラーを模倣してはならないという義務が平和主義によって反ファシズムに付け足された。それがあの日、ミュンヘンだった」（五一―五二頁）。

（一六）　ブランショは一九六〇年代以降、〈まったき他者〉に対する不断の関係を要請する彷徨の思想としてのユダヤ思想を論じるが、「こうした思考の枠組みにおいては、イスラエル国家は凡庸化の極みであり、また、同時に過大評価の対象でもあった」という(ビダン、前掲書、四一八頁)。

(一七) 『タン』紙は、一八六一年から一九四二年まで発刊された日刊紙。第三共和政期を通じて、『フィガロ』紙や『ジュルナル・デ・デバ』紙と並ぶ、保守系の有力紙だった。一九四〇年の休戦時にはリヨンで発行されていたが、一九四二年、ナチスがフランス全土の占領を開始すると休刊した。

(一八) 鉄鋼連合は、十九世紀中ごろに結成された製鉄業の経営者団体。一九二〇年代末には、鉄鋼連合も含めた複数の経営者団体が、『タン』紙を実質的に経営していたとの情報が出回った。一九四〇年、ヴィシー政府によって解散させられている。

(一九) 一九三三年に隣国ドイツでナチス政権が誕生すると、オーストリアでは、ドルフース首相がムッソリーニに依拠して独裁体制を強化し、国内のナチス勢力に対抗しようとする。三四年、オーストリア・ナチスはクーデターを企てドルフースを殺害するが、ムッソリーニが武力で威嚇したためクーデターは失敗に終わる。だが、三六年のイタリアによるエチオピア併合をドイツが認めたことなどを契機として独伊は急接近し、三八年にドイツによるオーストリア併合がなされることになった。

(二〇) アンドレ・ショメックス(一八七四—一九五五)は、『ルヴュ・ドゥ・パリ〔パリ評論〕』

誌や『フィガロ』紙のジャーナリストで、『ルヴュ・デ・ドゥ・モンド〔両世界評論〕』誌にも参加したフランスの文芸批評家。一時期、『ジュルナル・デ・デバ』紙の編集長を務めた。一九三〇年にアカデミー・フランセーズ会員に選出される。

（二一）　エティエンヌ・バンディ・ナレシュ伯（一八六五―一九四七）のことか。当初は外務省に勤務していたが、『ジュルナル・デ・デバ』紙の相続人と結婚したことで、同紙の経営に携わることになる。

（二二）　ポール・レノー（一八七八―一九六六）はフランスの政治家。第三共和政下では、反人民戦線の立場を取り、民主共和国同盟の内閣において、財務大臣など幾度か大臣を務める。一九四〇年春、ダラディエの後に首相となり、彼に続いて戦時政府を組閣するが、自身は戦争継続派だったものの、休戦派と戦争継続派とをまとめきれず、同年六月十六日、内閣は総辞職する。その際レノーは後継者としてペタンを推薦し、ペタンが首相となる。その後レノーは、ヴィシー政府によって捕らえられ、終戦時までドイツで軟禁される。

（二三）　ウィンストン・チャーチルは、フランスがナチスに降伏することによってフランス海軍がドイツの指揮下に置かれるのを恐れて、ロンドンに駐在していたフランスの政治家ジャン・モネとともに英仏連合の提案を行い、ドゴールがそれをフランス政府に伝えるが、一九四〇年六月、レノー内閣は休戦派の圧力の前に総辞職（少なくともこの提案が全会一致で退けられたわけではない）。

その直後、英仏連合に反対していた休戦派のペタンが首相となり、六月二十二日にドイツとの間に休戦協定が結ばれる。七月、政府は避難先のボルドーからヴィシーに移り、上下院合同の国民議会は、賛成五六九票・反対八〇票という大差でペタンに全権を委議することを議決。これにより、ペタンは国家主席となって、フランス国（Etat français）が成立し、第三共和政に終止符が打たれた。圧倒的な軍事力の前になすすべのなかったフランスにおいて、第一次大戦の英雄ペタンは、被害を最小限に食い止めてくれる存在と見なされたのである。

この後、英仏の緊張は高まり、一九四〇年七月四日、イギリス艦隊がアルジェリアのメル＝セル＝ケビルでフランス艦隊と戦端を開いたのを皮切りに、イギリスとヴィシーのフランス国は交戦状態に入る。

（二四）　マキシム・ヴェガン（一八六七―一九六五）はフランスの軍人。第二次大戦においては、戦争継続を主張するレノーやド・ゴールらと異なり、全面降伏とナチスによるフランス全土の占領とを避けるべく、ドイツに対する休戦を最初に唱えた一人。ヴィシー政権の初期に国防大臣および北アフリカ司令官を務め、ペタン政権を支えたが、対独協力を潔しとはせず、フランスの国体護持の立場から休戦協定の遵守を主張した。フランス全土がナチス占領下に置かれ、フランスが本格的な対独協力に突き進む一九四二年十一月に、ドイツ軍によって逮捕され、終戦までオーストリアで軟禁状態に置かれた。終戦時には対独協力の嫌疑がかけられたが、免訴されている。

（二五）　この考古学者については不詳。

（二六）　一九八二年に刊行された、アラン・バディウの『主体の理論』などが示唆されているか。そこでバディウは、自身の「構造的弁証法」の核心にはマラルメの言う「偶然」があるとしつつ、群衆や劇場などをめぐるマラルメの思想を二十世紀後半の世界情勢と絡めながら読解している（Alain Badiou, *Théorie du sujet*, Seuil, 1982）。

（二七）　コントル＝アタックは、反ナショナリズムや反資本主義、反改良主義、反民主主義および反議会主義をマルクス主義の立場から掲げ、それまで反目していたバタイユとブルトンが一時的に手を結んで結成し、一九三五年秋から三六年春まで活動した集団。ポール・エリュアールやバンジャマン・ペレといったシュルレアリストたちや、ピエール・クロソウスキー、モーリス・エーヌらが参加した。一九三五年十月に発表された宣言「コントル＝アタック――革命的知識人の闘争同盟」は、「どのような形になるにしろ、国家や祖国といった観念のために〈革命〉を我が物とするいっさいの傾向に激しく敵対する我々は、資本主義の権威とその政治制度をあらゆる方法で容赦なく打倒することを決意したすべての人びとに呼びかける」と猛々しい調子で書き起こされている（Georges Bataille, «“Contre-Attaque”：Union de lutte des intellectuels révolutionnaires», *Œuvres Complètes*, Gallimard, tome I, 1970, p.379）。こうした文言の過激さや暴力も躊躇わない主張は、三〇年代を通じて思想の左右を問わず見受けられるわけだが、人民戦線内閣が成立する以前の運動体であるコントル＝アタックは、サドとフーリエとニーチェを先駆者とする道徳革命をも目指した点、そして当時、民主主義政体を破壊しえたのがファシズム革命のみだったことから、ファシズムに対抗する形でファシズムの潜勢力を利用することも唱えた点で際立っている。先の宣言には「情動的高揚や狂信に対する人間の根本的渇望を利用する術を心得ていたファシズムによって創り出された武器を、今度はこちらが用いることを我々は求める」などと記されるほどに（*ibid.*, p.382）、ブルジョワ的議会制に対する憎悪は深かった。

三六年二月、レオン・ブルムが、反ユダヤ主義に突き動かされたアクシオン・フランセーズのメンバーたちに襲撃されて重傷を負うという事件が起こるが、このとき、コントル＝アタックの面々は街頭に降り立ち、ブルム支援を叫ぶデモの列に加わっている。しかし、バタイユとブルトンとの溝は深く、当初からこの団体の運営は不安定であり、同年四月にコントル＝アタックはついに解散した。そしてバタイユ派と決別したシュルレアリストたちは、『コントル＝アタック』に参加していたシュルレアリストたちは、この集団の解散を嬉々として確認する。この集団には、いわゆる『超ファシスト的』傾向が見られており、その純然たるファシズム的性質は次第に明白なものとなっていったのである」との文言を含むメモをバタイユたちに送っている（*ibid.*, p.672）。

たしかにバタイユは、一九三六年三月、ジャン・ドトリーによって書かれた、「我々はい、、ず、れ、に、せ、よ、外交に反するヒトラーの粗暴さを好む。その方が外交屋や政治屋の高ぶった駄弁よりも、なるほど平和的だ」との文言が並ぶコントル＝アタックのビラ「フランス軍の砲火のもとで」に、ブルトンらと並んで署名している（*ibid.*, p.398）。とはいえ、すでに一九三三年に論文「ファシズムの心理構造」を発表して、異質学の観点からファシズム国家と共産主義国家を分析し批判していたバタイユは、「ファシズムを最初に告発した数少ない人間の一人だっただけではなく、他の誰にも先んじてファシズムについて思考した人間でもあったということ」に変わりはない（ミシェル・シュリヤ『G・バタイユ伝』上巻、西谷修ほか訳、河出書房新社、一九九一年、二八四頁）。

（二八）『問われる知識人』（*op.cit.*〔前掲書〕）のこと。これは当初、直接的には、『ル・モンド』誌に発表されたジャン＝フランソワ・リオタールの「知識人の墓」という文章（Jean-François Lyotard, « Tombeau de l'intellectuel », *Le monde*, le 8 octobre 1983）、およびドレフュス事件にかんするジャン＝ドゥニ・ブルダンの著作（Jean-Denis Bredin, *L'affaire*, Fayard/Julliard, 1983）、また間接的には、『クリティック・ソシアル』の復刻版（*La critique sociale*, La différence, 1983）に触発されて執筆され、『デバ』誌に掲載された後に、修正を経て単行本として刊行された文章である。

そのなかでブランショは、「知識人（intellectuel）」がフランスの言論の舞台に初めて登場したドレフュス事件から第一次大戦、そして第二次大戦、さらにはアルジェリア戦争や一九六八年五月のフランスを取り上げつつ、知識人なるものは、つねにすでに存在しているのではなく、「仕事から一時的に私たちの目をそらすだけではなく、世の中で起こっていることに目を向けさせ、判断したり評価したりもさせる、私たち自身の一部である」という（一二頁）。そのうえでブランショは、知識人をめぐる三つのポイントを引き出している。つまり、「知識人に知識人たることをもっとも啓発してきたのが、反ユダヤ主義（人種差別、外国人嫌いを含む）だという」点、そして、知識人は自由を重視するがゆえに戦争を解放戦争と見なすことがありうるという点、そして、無名性へと向かう渇望に反して、社会的な発言に際して否応なく自分の名声の流用が伴ってしまう危険である（五五―五九頁）。

ブランショがこの本の末尾で「自分の記憶のもっとも傷つきやすい部分において、ルネ・シャールの断章に刻まれた恐るべきことばから、思い出が甦らない日はほとんどない」と記している以上、そこで三〇年代の自身の文筆活動が念頭に置かれていることは明らかだろう。『問われる知識人』は、言わば過去の自分に鞭打ちつつ執筆され発表された文章である。

そのなかでブランショは、ハイデガーとナチスの関係をめぐって、「ハイデガーの政治的言明は、説明も擁護もできないものだ。〔……〕彼自身の哲学に固有の言葉遣いで為されており、彼は、臆面もなくその言語を最悪の大義に役立て、そのように用いることで信用を失わせたのである。思うに、ここにもっとも重大な責任がある。すなわち、エクリチュールの腐敗、言語の濫用、歪曲、逸脱があるのだ」と注記の形で記す（一一頁・注）。つまり、自分の哲学を構築するに際してあれほど言葉遣いに腐心したハイデガーが、あまりに安易にそれをナチス礼賛に流用してしまった点を、ブランショは問題視するのである。

（二九）　ブランショは、一九三八年から三九年にかけて政治時評を発表していない。ただし、注（五）で記したように、一九三八年には、自らが編集長を務めていた雑誌『オ・ゼクート』誌の秘書だったセヴラックへの追悼文（« Hommage à Claude Sévrac : Après une année », *Aux écoutes*, n° 1047, 11 juin 1938）と刊行されたばかりのサルトルの『嘔吐』をめぐる論評（« L'ebaude d'un roman », *Aux écoutes*, n° 1054, 30 juillet 1938）を、そして三九年には、ヘーデンス著のネルヴァル論の書評（« Un essai sur Gérard de Nerval », *Journal des débats*, 22 juin 1939）とフランス詩選集の書評（« Une antholcgie de la poésie française », *Journal des débats*, 20 juillet 1939）を発表している。また、四〇年にはロートレアモン論（« Lautréamont », *Revue française des idées et des œuvres*, n° 1, avril 1940）を発表し、これは一九四三年刊行の評論集『踏みはずし』に収められることになる。だが同じ四〇年には、編集を任された『オ・ゼクート』誌にて、第三共和政の崩壊を喜ぶ三本の文章——「敗北から再建へ……」（« De la défaite à la reconstruction... », *Aux écoutes*, n° 1151, 15 juin - 13 juillet 1940; *CP*, pp. 481-482）、「国民革命……」（« La révolution nationale... », *Aux écoutes*, n° 11521, 20 juillet 1940; *CP*, pp. 483-484）、「第一に秩序の回復を……」（« D'abord rétablir l'ordre... », *Aux écoutes*, n° 1153, 27 juillet 1940; *CP*, pp.484-485）——を発表している。

（三〇）　ブランショは、一九四一年四月から『ジュルナル・デ・デバ』紙（同年三月に復刊）において、「知的生活時評」と題された文芸時評欄を担当し、一九四四年八月の廃刊時まで、主に当時の新刊の書評を発表していた。その数は合計百七十一本に上るが、主としてそのなかから選ばれた五十五本の書評に「不安から言語へ」と題された論文が付されて、四三年に『踏みはずし』としてガリマール社から出版される。

当時『ジュルナル・デ・デバ』紙は、ヴィシーに近いクレルモン＝フェランに編集部を移し、明確にヴィシー派の主張を展開していた。紙面には、ペタンの提灯記事のみならず、たとえば一九四四年四月二十一日には、「アドルフ・ヒトラー五十五歳になる」と題された記事が第一面に掲載されるなど、親独的姿勢は明らかだった。さらに同紙は、対独レジスタンス活動が激しくなると、「ここ数カ月、あのような悪党どもが国を恐怖に陥れているが、素朴な人や悪意のある人などは、彼らこそフランスの愛国心を体現しているのだと考えてしまっている」と主張し、秩序の維持を唱えながら、レジスタンスを無秩序の原因として批判している（« Face au désordre », *Journal des débats*, 1-2 avril 1944）。

このように、政治や国際関係、あるいは社会のニュース、それも政治色の明確に打ち出された論調の記事が全面を占める新聞で、「知的生活時評」という欄で書評を毎週発表していくブランショの営為は、三〇年代、文芸時評と同時に筆鋒鋭い政治時評を発表し続けたこととはきわめて対照的であって、「ブランショの優雅な時評が、許容範囲を甚だしく逸脱したプロパガンダに彩られている記事や広告の傍らで、比類なき鷹揚さを伴って歩みを進めているさまを見て取らねばならない」とクリストフ・ビダンが述べているように（前掲書、一六二頁）、ブランショの時評はどうしても浮いたもの、ないし際立ったものに見える。

『踏みはずし』はたしかに、文学をめぐる評論集ではあるが、しかし、刊行された時代情勢からみても、政治的に無色透明というわけではない。ブランショが書簡で述べていたように、ナチス占領下では検閲があり、ガリマール社で原稿審査をした作家のレイモン・クノーは「きみは困ったことになるよ」とブランショに告げていたし（このあたりの詳細についてはブランショ『友愛のために』清水徹訳、リキエスタの会、二〇〇一年を参照）、ブランショがこの本で取り上げた作品には、ジャック・シャルドンヌら対独協力作家のものやマルセル・ジュアンドーといった反ユダヤ主義の作家のものに加えて、イギリス人のヴァージニア・ウルフや反ナチスのエルンスト・ユンガーの作品、さらには、「ユダヤ人」のブルムが翻訳したエッカーマンの『ゲーテとの対話』なども見られる。つまり、ブランショが書評を発表したときにはすでに占領当局から禁書として扱われていたか、禁書リストに入ることが充分に予想されていた書物も論じられているのであって、書評対象となる書物の選定に――三〇年代の文芸時評において、モーニエら周囲の作家たちが古典主義文学を評価するのとは対照的に、新刊のみを書評したのと同様に――すでにある種の政治性が見て取れるのである。

また、『踏みはずし』に収められたポーラン論「文学はいかにして可能か」が対象としたのは、ドイツ側の検閲官だったゲルハルト・ヘラーが後年「『タルブの花』に『大政治家が平和を口にしながら戦争を考え、秩序を口にしながら殺戮を思うような世界については〔……〕、私は何も語らない』という文章があることを斟酌すれば、私は〔出版を許可するに際して〕かなり危険を冒したのだった」と漏らしているように（Gerhard Heller, *Un Allemand à Paris 1940-1944*, Seuil, 1981, p.96）、そのポーランがドイツ当局による検閲の裏をかくような言語論を展開した『タルブの花』だった。そのポーランを論じたブランショの文章もまた、ブランショ流の「面従腹背」の文章としても読み解ける可能性を秘めている（この点については、内田樹「面従腹背のテロリズム」、『言語と文学』書肆心水、二〇〇四年を参照）。それゆえ四〇年代前半のブランショが、まったく政治とは無縁だったとは言いがたく、言うなれば、「ヴィシーを利用してヴィシーに反逆すること」を試みた〈若きフランス〉への参加や離脱と同様に、分かる人には分かるような方法で、占領当局およびヴィシーに対する反抗を暗に示していたと思われる。

しかしながら、こうした曖昧さこそが、とりわけ一九八〇年代以降、激しい議論の引き金になってきた。伝記上の事実を確認すれば、ブランショは大戦中、〈若きフランス〉に参加したり、『ジュルナル・デ・デバ』紙で時評を発表したり、『謎の男トマ』の初版や『文学はいかにして可能か』の単行本、そして『踏みはずし』を刊行したりする一方で、一九四〇年秋というかなり早い時期から——一般に、対独レジスタンスが組織化されて展開するようになるのは四三年春以降と考えられている――対独レジスタンスとも連絡を取り、ポール・レヴィに逮捕が迫っていることを知らせて助けたり、エマニュエル・レヴィナスの妻と娘を安全な場所に避難させたりしている。

ところがメールマンは、『踏みはずし』を、ブランショ自身による三〇年代の反ユダヤ主義的言辞やテロリズムの主張の清算として解釈する。二十世紀前半のフランス文化の背景には、広く反ユダヤ主義的土壌があったとする彼は、むしろ「ヒトラーの出現によって、フランスの知識人たちがこれ以上反ユダヤ主義の看板を掲げ続けてゆくことができなくなった」という（『巨匠たちの聖痕』内田樹ほか訳、国文社、一九八七年、一三頁）。反ユダヤ主義は、ドイツに敵対するフランスのナショナリストたちからすれば、ナチスの専売特許になってしまったというわけである。その上でメールマンは、『踏みはずし』をめぐっては、検閲を前にした書評対象の選書のきわどさにではなく、むしろ、対独協力に進んだモーニエやモンテルランの扱われ方に注目して、それが「フランス・ファシズムの瓦解、対独協力という現実、さらにはブランショの文献目録からの政治的著述の抹消」であると読解する（同書、三八頁）。つまり、「たとえば普通に見るときには感取されるが凝視すると見えなくなってしまうような微光だとか、何気なしにしかできないような身振りというものがあるのである（ある種の星や、腕をすっかり伸ばす動作のように）。ともかく、わたしはなにも言わなかったことにしよう」（ジャン・ポーラン『タルブの花』野村英夫訳、『言語と文学』前掲書、二七八頁）と締めくくられる『タルブの花』を論じたブランショの振る舞いに、ポーランと同様の前言取り消しの所作——とはいえ、ポーランが『タルブの花』の論述を二重化しているのに対して、メールマンは、ブランショについてはその過去の言説を否定していると見なすわけだが——を見て取るのである。

また、実際のところ、ブランショの執筆活動は、占領当局やヴィシーに対する暗黙裡の反逆に留まっていたわけではないとも言える。四二年三月、彼は「サント＝ブーヴの政治」と題された記事を『ジュルナル・デ・デバ』紙に発表する（« La politique de Sainte-Beuve », *Journal des débats*, 10 mars 1942 ; *Chroniques littéraires du* Journal des débats *avril 1941 – août 1944*, Gallimard, 2007, pp.144-147）。これは、マキシム・ルロワの新刊『サント＝ブーヴの政治』をめぐる書評なのだが、通常の「知的生活時評」の欄にではなく、例外的に第一面に掲載されている。注目されるのは、この記事が、サント＝ブーヴを高く評価するモーラスに依拠した文章だという点である。そこでブランショは「周知のように、シャルル・モーラス氏は、サント＝ブーヴが用いた政治的観察の方法を有機的経験主義と名づけたわけだが、サント＝ブーヴはその方法によって、数々の体制やイデオロギー、抽象的情熱や本能的熱狂に呑み込まれた一つの世紀のなかで、諸々の事象やそれらの帰結のもつ法則を遵守するにいたっている」と記し（*ibid.*, p.145）、四二年春の段階でモーラスの名に言及し、その思想に通暁しているさまを示している。

メールマンは後にこの文章を取り上げて、「ブランショは〔……〕政治的な手練手管を駆使するよりも、政治的破滅からできる限り生き延びることに関心を示していた」と断じているが（Jeffrey Mehlman, « Pour Sainte-Beuve », *Maurice Blanchot – the Demande of Writing*, ed. Carolyn Bailey Gill, Routledge, 1996, p.228)、当時の言論状況は、これまで述べてきたように、メールマンの指摘するほど截然としたものではない。なるほど、『踏みはずし』や『ジュルナル・デ・デバ』紙での執筆活動は、対独協力に進んだモーニエのようなかつての仲間や、当初からレジスタンスを貫いたルネ・シャール、あるいは、つねに掴みどころのなかったジャン・ポーランなどに比べると、どうしてもどちらつかずの姿勢にも見える。少なくとも、どのような公的発言であれ何らかの政治色をもちえてしまう占領下という当時の環境からして、「政治には首を突っ込まないことになります」という本文でのマスコロによるブランショ評には、あくまでも直接的には首を突っ込まなくなる、というニュアンスをもたせる必要があるだろう。

　だが、問題はむしろ、ブランショ陣営もメールマン陣営も、そしてそれ以外の人びとも、そもそもの前提としてモーラスをこれほどまでに忌避していることの理由や意味ではないだろうか。

（三一）　Jean-Luc Nancy, Philippe Lacoue-Labarthe, *L'absolu littéraire – Théorie de la littérature du romantisme allemand*, Seuil, 1978（ジャン＝リュック・ナンシー、フィリップ・ラクー＝ラバルト『文学的絶対――ドイツ・ロマン主義の文学理論』）。これは、シュレーゲル兄弟やノヴァーリスら、初期ロマン派の文章のアンソロジーの仏訳に、編者二人の論考が付された書物。

フランス的、たぶんフランス的な――「訳者あとがき」にかえて

本書は、Jean-Luc Nancy, *Maurice Blanchot – passion politique*, Galilée, 2011 の全訳である。本書は、モーリス・ブランショがロジェ・ラポルトに宛てた一九八四年十二月二十二日の書簡、ディオニス・マスコロがフィリップ・ラクー゠ラバルトに宛てた一九八四年七月二十七日の書簡、およびそれらに対するジャン゠リュック・ナンシーの解説から成っている。

ナンシーによる解説ではまず、ブランショの書簡が書かれた背景が説明される。それはまた、一九八四年時点での『カイエ・ド・レルヌ』誌でのブランショ特集の計画と頓挫の経緯をめぐる記述でもある。具体的な成り行きについては本文に詳述されているが、ナンシーと

盟友のラクー＝ラバルトが中心となって進められた『カイエ・ド・レルヌ』誌の特集号は、「一九三〇年代のブランショの政治的見解をめぐって」、「糾弾と弁護の粗野な対立を乗り越える」ことを目指していたという。

一九三〇年代のブランショの政治的文書は、ジェフリー・メールマンのセンセーショナルな論文『「コンバ」時代のブランショ」に端を発して、あらためて注目を浴びることとなった。あらためて、というのは、すでにジャン＝ポール・サルトルが『アミナダブ』に寄せた書評の中で、「ブランショはシャルル・モーラスの弟子だったと思う」(「アミナダブ」『シチュアシオンI』佐藤朔ほか訳、人文書院、一九六五年、一〇一頁)と記していたり、ブランショ自身が第二次大戦直後、三〇年代に親しく交わり大戦中はヴィシー派に立って執筆活動を続けていたティエリー・モーニエが編集する雑誌『カイエ・ド・ラ・ターブル・ロンド』に文章を寄せたりしたように(Maurice Blanchot, « Le Tout-Puissant », *Cahiers de la table ronde*, nº 3, 1945. この文章は後に『至高者』の一部となる)、ブランショの三〇年代の文筆活動は、彼と同時代を生きた人たちの間では戦後もそれほどタブー視されていたわけではなかったことが窺えるからである。

きわめて挑発的に綴られているメールマンの論文の骨子は、ブランショの四〇年代の文学論に、三〇年代の政治的主張の「清算」や「抹消」の身振りが見出されるのではないかという点にある。メールマンによれば、フランスの文化の背景には本質的に反ユダヤ的なものが存在していたが、フランスの反ユダヤ主義が目立たなくなったのは、「ヒトラーの出現によって、フランスの知識人たちがこれ以上反ユダヤ主義の看板を掲げ続けてゆくことができなくなった」(『巨匠たちの聖痕』内田樹ほか訳、国文社、一九八七年、一三頁)からにすぎず、「反ユダヤ主義とユダヤ人が両者の関係の構造をそのままに温存しつつ主客所を変えることを可能たらしめたキアスム的逆転」(同書、四七頁)、すなわち、戦前の反権力運動としての反ユダヤ主義(この場合ユダヤ人は権力者とされる)から、戦後における権力からの逸脱者としてのユダヤ人の称揚(この場合ユダヤ人は権力をもたないものとされる)への逆転の過程でも、反権力対権力という構造そのものは何一つ検討されぬままに残されてきたのではないかという。そして、当初は反ユダヤ主義的姿勢を掲げていたブランショもまた、四〇年代以降の自身の出発点たるジャン・ポーラン論「いかにして文学は可能か」を含む評論集『踏みはずし』において、ポーランの『タルブの花』の結論に見られる「ともかく、わたしは何も言わなかったことにしよう」(「タルブの花」野村英夫訳、『言語と文学』書肆心水、二〇〇四年、二七八頁)という文言を取り上げつつ、「前言取り消し」を軸に文学論を展開し始めるが、それはまさに三〇年代のおのれの反ユダヤ主義的過去を抹消する試みにほかならないのであって、その文学論は実のところ自身の政治的記憶に溢れかえっていたのだと、メールマンは分析する。

一九八〇年にオリジナルの英語版が『MLN』誌に発表されたこの論文の仏訳が、一九八二年、『テル・ケル』誌(*Tel Quel*, nº 92, été 1982)に掲載されるや、ブランショの周辺はにわかに騒がしくなる。ヌーヴォー・フィロゾフの一人ベルナール゠アンリ・レヴィは『マタン』紙に好意的な評(Bernard-Henri Lévy, « La gauche, telle quelle », *Le matin*, 22 juin 1982)を寄せるものの、マチュー・ベネゼが激しく反発して『カンゼーヌ・リテレール』紙上でメールマンをこき下ろした(Mathieu Bénézet, « Maurice Blanchot, Céline et *Tel Quel* », *La quinzaine littéraire*, 1-15 juillet 1982)のに対して、メールマンが『アンフィニ』誌にてこれに皮肉たっぷりに反論する(Jeffrey Mehlman, « Lettre », *L'infini*, nº 1, hiver 1983)など、喧々諤々の議論、というよりはむしろ「糾弾と弁護」の激しくも不毛なやり取りがなされることとなった。不毛というのも、高名なブランショが反ユダヤ主義を標榜するはずがないといったたぐいの単なる断定や、戦後のフランスの言論界には戦前の反ユダヤ主義の構図が抑圧されたまま保存されているという強固な主張の応酬が、戦中以降のブランショの活動の意味や深度を検討しないままになされていたように見受けられるからだ。本書のブランショの書簡が書かれたのはこのような状況下だった。

＊

こうした背景のなかで、ナンシーとラクー＝ラバルトは、事態を冷静に見据えるべく、ブランショをめぐる政治の問いを中心にして『カイエ・ド・レルヌ』誌の計画を進めようとするのだが、執筆を打診した人たちからは断りの返事が相次いだという。たしかにブランショについては、ナンシーらによる『カイエ・ド・レルヌ』誌の企画から遡ることほぼ二十年、ジャン・ピエルが編集長を務める『クリティック』誌による一九六六年の特集号――ミシェル・フーコーの「外の思考」などが発表された――においても、そこで中心的役割を果たしたフーコーとラポルトが寄稿者を見つけるのに苦慮したとの話が思い起こされる（クリストフ・ビダン『モーリス・ブランショ』上田和彦ほか訳、水声社、二〇一四年、三六八―三六九頁）。しかしながら、ナンシーとラクー＝ラバルトの計画およびそれに対する多くの辞退は、図らずも「戦前のいくつかの『右派』にかかわる、いつの間にか触れてはならないとされた問い」の存在を浮き彫りにしてしまった。こうして、三〇年代から戦中にかけての自らの活動を明け透けに叙述しているこのブランショの書簡は、『カイエ・ド・レルヌ』誌の企画の準備に向けてラクー＝ラバルトとブランショ自身がやり取りを重ねていったなかで、一九五〇年代から親しくしていたラポルトに宛てて書かれたわけである。つまり一方では、この書簡がこの二人に対してではなくラポルトに向けられていることが示しているように、ブランショは、人間の存在様態としての「政治的なもの（le politique）」というよりは、より流動的な世界の動きに根差す右派勢力／左派勢力などの力学に貫かれた統治としての「政治（la politique）」をめぐる、ナンシーとラクー＝ラバルトといったいわば戦後世代の思索に対して用心深さを抱いていたと同時に、他方では、この書簡が書かれているということが示しているように、彼は、『カイエ・ド・レルヌ』誌の方向性――「検証や議論の提案が攻撃的なものでも嫌疑をかけてくるようなものでもないこと」――に対して信頼を抱いてもいたわけである。

それゆえナンシーは、この「過去になりきっていない過去」を前にして「退いて視線を調整する」ことの重要性を強調し、ブランショの書簡が扱っている一九三〇年代の状況について、大まかに俯瞰することになる。現在の政治的な枠組みをもって過去を俎上に載せることは慎むべきだが（そもそも当時より現在の状況が良いという保証はどこにもない）、一九三〇年代を当時の状況に沿って検討することが回避されがちな傾向には理由がないわけではないという。それは、「左派」が金科玉条とする民主主義にかかわっており、ファシズムの勃興を許した民主主義の脆弱さにまつわる認識と、民主主義に対して瀰漫している不信感とに由来している。そこでナンシーは、ブランショの書簡を取り上げることで、三〇年代のブランショが直面していた「政治的なもの」の再考を試みる。当時のブランショが身を投じていたのは、「精神的闘争ないし文明闘争」としての「政治闘争」だった。つまり三〇年代末のブランショは、一つの文明の大転換、言うなればその途絶を感じ取ったのである。

ナンシーも指摘するように、三〇年代のブランショはたしかに「革命」を主張していた。

「革命」が単なる「言葉だった」とはいえ、ブランショも参加していた『アンシュルジェ』紙編集部が政府要人に対する暴力教唆の疑いで家宅捜索を受けている以上、いささか留保は必要だろう。言葉を発することもまた一つの行為だからだ。まして、言葉の上だからと言ってすべてが免責されるわけではないことは、ハイデガーをめぐっておのれの哲学の言葉でナチスに賛意を示した点を問題視したブランショからすれば、十分に痛感されることだったはずである。そこで、いくら「距離を取る」べきだとはいえ、やはり大雑把にではあれ、ブランショの立ち位置にかんしてもう少し状況を整理した方が、事態は多少見通しやすくなると思われる（なお、本書刊行後の二〇一七年には、さしあたりブランショの三〇年代の政治時評のみを集め、注が付された書物が刊行されている。Maurice Blanchot, *Chroniques politiques des années trente 1931-1940*, édition préfacée, établie et annotée par David Uhrig, Gallimard, 2017（以下 *CP* と略記））。

三〇年代のブランショが極右だったことは疑いないとはしばしばなされる主張であり、ブランショの当時の言説が激越なものであることもたしかだが、ナンシーも示唆しているように、当時の右派と左派の区別はそもそもきわめて不明瞭であることには十分に留意せねばならない。第三共和政下におけるナショナリズムという点では、一方に共和主義的な愛国主義があり、これは、自由、平等、博愛の理念に基づいて世界の啓蒙を使命と考えるがゆえに植民地を積極的に展開するものだった。それに対して、十九世紀末のドレフュス事件を契機として、フランス革命以前の伝統を保存しようとする反近代主義的な王党派ナショナリズムが、普仏戦争以降の反共和主義的なブーランジスムなどとつながりつつ勢力を拡大する。この伝統保存ナショナリズムは、共和政はフランス王家を断絶させたがゆえに断罪されるべきだとしてフランスの国体護持こそ肝要と見なし、植民地については何ら関心を向けない。アクシオン・フランセーズを組織し、民主主義と共産主義を真っ向から否定するこの王党派が、たとえば共産党出身のジャック・ドリオによるフランス人民党などフランスにおけるファシズムの動きと並んで極右と呼ばれる。そして大戦間期には、こうした王党派の主張からよりいっそう反民主主義と反共和主義に力点を置いた非順応主義の青年たちが登場する。彼らは、王政復古を主張するというよりは、脆弱と見えた第三共和政を倒すことを主たる目的として、何よりも政治や社会の刷新を求めたのであって、何らかの新たな創造を主張していたとは言いがたく、また、高等教育を受けた戦前のエリート層――モーニエやブラジヤックは高等師範学校出身者――であるという点で、大衆運動を目論んでいたとも言いがたい。第三共和政に対する彼らの過激な敵意は、初めての世界大戦で危殆に瀕したヨーロッパ文明の状況を目の当たりにした青年たちが、ソ連のコミュニズムやドイツのナチズムやアメリカの物質主義の台頭と相俟って「西洋の没落」とブルジョワ社会の退廃に対して危機感を覚え、連綿と営まれてきた西欧文化の精神的価値が破壊されつつあるという恐れを感じている点に由来していた。

「文明全体の変質」に立ち会っている予感を抱いていたであろうという点、未来の展望を示さぬままにまずもって断絶や変革を唱えていた点、そして精神的価値の擁護を主張していた点で、ブランショもまた、こうした非順応主義的青年右派の一人である。そして、そのときブランショが依拠したのは、他の青年右派と同様に〈フランス〉という実体をもつ有機的共同体だった。ブランショの政治的言説は三〇年代後半ともなると、過激ではあるが完全に平板化しており、いくつかの論説から任意の文章を抜き出して、新たに文章を作り上げることができるほどである。たとえば、「周知のように、フランスは偉大だった。だがフランスは今日、底辺の国民でも耐えられないような事柄を受容している」(Maurice Blanchot,

« Ce qu'ils appellent patriotisme », *L'insurgé*, n° 8, 3 mars 1937 ; *CP*, p.412）のだから、「新たな秩序が成立するまで、ブルムが、我々もその一員である唾棄すべきフランスの象徴であり代弁者であることは正当なことだろう」（« Requisitoire contre la France », *L'insurgé*, n° 1, 13 janvier 1937 ; *CP*, p.395）し、「フランス人でいることがもしブルムとの連帯を感じることだとすれば、我々は良きフランス人ではなく」（« Blum provoque à la guerre », *L'insurgé*, n° 12, 31 mars 1937 ; *CP*, p.428）、「フランス人でいる唯一の方法は、革命家たること」（« La seule manière d'être Français », *L'insurgé*, n° 23, 16 juin 1937 ; *CP*, p.458）なのであって、さらに「スターリンが牛耳るロシアが真正なる革命を体現していない以上」（« Les mystères de Moscou », *L'insurgé*, n° 14, 14 avril 1937 ; *CP*, p.432）は、「ベルリンでもモスクワでもなく、と述べるだけでは不十分である」（« Il ne suffit pas de dire : ni Berlin, ni Moscou », *L'insurgé*, n° 25, 30 juin 1937 ; *CP*, p.464）。要するに、目の前のフランスは「無力」で「唾棄すべき」「不条理な」ものだ、という主張である。

　ブランショはしかし、他の非順応主義の青年たちと同様に、精神的価値の復活を目指した「革命」を強く主張し、眼前のフランスにこうした夥しい呪詛を浴びせつつも、三〇年代初頭から「革命」の思想を純化させる彼独自の傾向を示して、純然たる革命は現実世界のどこにも存在しないと主張し、徹底した拒否の姿勢を貫こうとすることによって、徐々にではあるが次第に「政治（la politique）」の圏域から「政治的なもの（le politique）」への圏域——本書でナンシーが「〈共同での存在〉の圏域」と呼ぶものもこれに重なるだろう——に向かうことになるのである（それに先立って、先のような言説の自動化も起こる）。こうしたブランショの移行は、文章のうえでは三八年末の「分派」の主張に結実する。もちろん、先述のように、ブランショはモーニエらとの交流を戦後しばらくまで続けるし、大戦中には、ヴィシー派の〈若きフランス〉の活動に青年右派の人びとと共に参画したり、「刷新に向けた大いなる闘いが始まった。この数日間はフランスにとって決定的なものとなり、我々が何年にもわたって闘ってきた一つの体制に終止符が打たれたのである」（Maurice Blanchot, « La révolution nationale... », *Aux écoutes*, n° 1152, 20 juillet 1940 ; *CP*, p.483）などと第三共和政の崩壊を言祝いだりしている以上、「政治的なもの」の圏域をすでに完全に見出したと判断することはできないだろうし、この移行が急変という形で起こったわけでもない。しかし、時間のかかる微細なものではあれ、四〇年末のジョルジュ・バタイユとの出会いも含めて、決定的とも言える一歩ではある。

　本書所収の書簡において、ディオニス・マスコロは、三〇年代末に青年右派の運動から離れた点でブランショの道程は典型的なものではないとしているが、分派の発見へといたる三〇年代を通じたこのような行程においても、ブランショの歩みはすでにして、他の青年右派たちとはいささか異質であり、「典型的」だったとは言いがたい。そしてマスコロがブランショにおける「転向」に疑問を呈しているように、ブランショは三〇年代から、対象を異にすれども、一貫して拒否を示し続けているのだった。その標的はむろん変化しており、三〇年代には「政治」の水準での共和政や民主主義だったが、五〇年代末には政治権力を再び掌中に収めたド・ゴールである。アルジェリア戦争による混乱を収拾すべく政界に復帰したド・ゴールのうちに、救済という宗教的な至高性への政治権力の変化を見て取るブランショは、徴兵拒否を支持して「不服従の権利」を呼びかけた（「アルジェリア戦争における不服従の権利にかんする宣言」『モーリス・ブランショ政治論集　一九五八―一九九三』安原伸一朗ほか訳、月曜社、二〇〇五年、三五―四一頁）。そして六八年には、一九三四年の「二月六日事件」のときにすら街頭に立っていないにもかかわらずデモに参加し、「作家学生行動委員会」の創設に携わって「エクリチュールのコミュニズム」を唱え、匿名性と断絶が具現化する無名の共同での言葉――それはまた、ド・ゴールを「政治的に死んだ人間」「幽霊のようなひとりの老人」（「〔政治の死〕」同書、一六三―一六五頁）などと形容しており、三〇年代を彷彿とさせる筆鋒鋭い言葉遣いである――に混じることによって、共同性の可能性を見出す。このようにブランショは、三〇年代から終始、非順応的な立場に身を置き続けるのだが、マスコロの言葉のように「執筆活動《エクリチュール》から思考へ」と、すなわち激越な言葉遣いながらも紋切型に堕し思想を欠いた――だからといって不問に付されるべきではないだろう――エクリチュールから、共同体の思考と実践へと圏域を深化させているのである。それゆえ、戦前のブランショは言うに及ばず、戦後のブランショが、代議制民主主義にどの程度まで信を置いていたのかは疑問である。一九六八年五月にブランショはたしかにある種の民主主義をこうして実現するわけだが、それは、「政治」の水準においてではなく、ほかならぬ「政治的なもの」の水準においてだからである。

＊

ところで、この書簡をめぐるナンシーの説明は、書簡が執筆された背景の説明にとどまるものではなく、共同体論をめぐるナンシーとブランショの間の、微妙ではあれ、ナンシーにとっては決定的と映るようないくつかの相違が軸にもなっており、ナンシーはその相違が、この書簡をめぐるブランショの用心深さの理由の一つだとしている。

「おそらく、現代における共同体の運命に関する決定的な体験を最も遠くまで辿った人物である」（ジャン＝リュック・ナンシー『無為の共同体』西谷修ほか訳、以文社、二〇〇一年、三〇頁）バタイユについて、ナンシーは一九八三年、「無為の共同体」と題された論文を発表する（その後、自身の他の論考と併せて同名の単行本に収録）。その共同体は、個々人が寄り集まって構成するものでもなければ、人びとの間で共有される何らかの理念に基づいて構築されるものでもなく、「諸主体間に不死のあるいは死を超えた、ある高次の生の絆を織り上げるので「も」ない」（同書、二七頁）。それはつまり、個々のメンバーの生前から死後にわたって続くような内在的な共同体でも、近代になって失われたものとして郷愁を込めて回顧的に幻想される合一の共同体でもない。脱自－恍惚の思考を展開したバタイユにナンシーが見出す共同体とは、人は実のところ一人ではおのれの死を完了しえないという点に存してており、似た者同士でありかつそれぞれ特異存在でもある人間の有限性が、つねにすでに分有されているという事態にほかならない。成員の死に意義を与えて回収する共同体ではなく、むしろ死こそがそもそも共同体的なのだ。「共同体は有限性を露呈させるのであって、その有限性にとって代わるものではない」（同書、四九頁）と記すナンシーは、ブランショの語彙を借りつつ、「共同体は、ブランショが無為と名づけたもののうちに必然的に生起する」（同書、五七頁）と述べる。有限性の分有としての共同体はそれゆえ、企てや意志などとは無縁であり、何一つ生み出しはしない。

ナンシーはこのようにバタイユを読解しながら、全体主義の猛威を経た時代にあって共同体を無為の共同体として思考する。ところがナンシーによれば、バタイユは、ファシズムとコミュニズムの時代のさなか、脱自的コミュニケーションにおける主体をめぐる思考を躓きの石として、脱自と共同体との二つの極に宙づりにされたまま、「本来の意味での共同体を思考するのを諦めた」（同書、四五頁）という。

ブランショは、この論文に呼応する形で同じ一九八三年にすぐさま『明かしえぬ共同体』を発表する。その冒頭でナンシーに触れているように、ブランショは大筋でナンシーに依拠しながら共同体を考察したうえで、ナンシーの論じる無為の共同体の特徴を「（一）共同体は限定された社会の一形態でもなければ、合一による融合を目ざすものでもない、（二）社会的な小単位と違って、共同体は何らかの営みをなすことをおのれに禁じており、いかなる生産的価値をも目的としていない」（『明かしえぬ共同体』西谷修訳、ちくま学芸文庫、一九九七年、三〇頁）とまとめている。ブランショはしかし、ナンシーが「至高性」にかかわる戦後のバタイユの文章に基づいて共同体論を展開しつつ、「バタイユにとって共同体とは何よりもまず、そして最終的に、恋人たちの共同体だった」（『無為の共同体』前掲書、六五頁）と見なしたのとは対照的に、一九三〇年代のバタイユ、すなわち、コントル゠アタックやアセファルなど、実際に共同体を体験として生き抜こうと格闘していたバタイユを論じることで、バタイユの試みる共同体が、愛の共同体にも思弁的で観照的な共同体にも限られることはなかったのだという。ブランショは、一九三六年から三七年にかけて存在し、表面的には同名の雑誌が五冊刊行されたのみでその内実は深い霧に包まれて窺い知れない秘密結社であり——それゆえこれは参加した誰もが口を閉ざしたという意味でも「明かしえぬ」共同体だった——、新たな宗教を定礎するような人身御供の執行を目論んだ、アセファル（「無頭」の意）共同体を試みたバタイユの姿を主に取り上げ、「共同体の不在は共同体の挫折ではなく、極限的な瞬間、あるいはそれを必然的な消滅へとさらす試練なのである。アセファルは、共有することも私有することもできず、後の放棄のために留保しておくこともできないものについての共同の体験だったのだ」（『明かしえぬ共同体』前掲書、三九頁）と述べる。

ナンシーは、バタイユが脱自と共同体の要請との間に引き裂かれて共同体の思考に頓挫したと判断するが、アセファルの試みに力点を置くブランショはこのように、バタイユが共同体に確かに触れていたのではないかと評価する。そしてブランショは、「恋人たちの共同体」を、マルグリット・デュラスの『死の病い』を一九六八年五月の文脈において読解するなかで取り上げ、もっとも内密な情熱という親密な次元ともっとも社会的かつ政治的な次元といった二つの相の下に通底する「明かしえぬ」共同体を見出し、そもそも自分のキーワードであった無為（désœuvre）にはまだ営み（œuvre）、告白されざる営みが含まれていることが懸念されるかのように、「無為」という言葉をも退けるにいたる。そして最終的にブランショは、明かしえぬ共同体を語るべき言葉はどのようなものか、どこに見出されるのかと問うたうえで、「現在、〔その問いは〕未知の自由の空間を開きながら、私たちが営みと呼ぶものと無為と呼ぶものとの間の、つねに脅かされつつねに期待されている新たな関係についての責任を、私たちに担わせるものである」（同書、一一七頁）と記して、今度は無為と営みとの間に共同体の問いを見出してゆく。形をもった実体として存在しないけれどもつねにすでにそこに生起しているがゆえに言葉を逃れ去ろうとする共同性、すなわち共同体をもたない人びとの共同体へと言語でもって接近しようと道を切り開き続けるその姿は、まるで永遠の「分派」であるかのようだ。なお、これ以降ブランショ亡き今もナンシーは、共同体という語に代えて「共同での存在」や「共にあること」といった表現の方を用いる傾向を強めつつ、ブランショとの終わりなき対話を続けるかのように共同体論を発表している（Jean-Luc Nancy, *La communauté affrontée*, Galilée, 2001（これはブランショの『明かしえぬ共同体』のイタリア語訳に付されたナンシーによる序文を収録している）; *La communauté désavouée*, Galilée, 2014)。

大戦間期から大戦中の自身の道程を振り返るブランショの書簡を前にして、ナンシーは、一方では、三〇年代から大戦期のブランショに対して距離を確保したうえで「糾弾と弁護の粗野な対立」を慎重に回避しているが、それに加えて、この書簡をしたためるブランショに対してもまた、こうした共同体論をめぐる見解の相違ゆえに慎重に距離を置いている。そこでナンシーは本書において、本書所収の書簡の末尾でブランショが直截に記している「言うなれば、私はいつもある種の政治的なパッションを抱いてきました」との文言に注目し、この書簡のみならず、それとほぼ同時期に書かれた『明かしえぬ共同体』もまた、自身の三〇年代の活動をも検討に付す試みだったのではないかというのである。先述のように、ブランショが『明かしえぬ共同体』において集中的に論じたのは三〇年代のバタイユだったが、その頃のブランショは、なるほど、最終的には政治的なものの圏域へと道を開く分派という「極限」的な拒否にいたったものの、しかし基本的には熱狂に促されて、危機に瀕した精神的価値を守るべく、〈フランス〉という「有機的」共同体の獅子身中の虫たる人民戦線内閣を激しく難詰していたのである。彼は後に、アセファルの供犠の試みに向かう「目的と終りのない「無法の」情熱の狂奔」を考え抜いた当時のバタイユについて、「この情熱こそ、おのれの解体によって認可される明かしえぬ共同体のうちに表明されていたものである」(『明かしえぬ共同体』前掲書、三九―四〇頁)と論じることで、激越さの程度は同じであれ、同時期の自分とはまったく別種のものだったパッションの在り方を検討しているのである。

また、「ブランショが、三三年から三四年のハイデガーをめぐって〔……〕、ほぼ間違いなく自身のことを念頭に置きながら用いている言葉」という本書でのマスコロの指摘にもあるとおり、『明かしえぬ共同体』からわずか一年後、すなわち本書の書簡が書かれたのと同じ一九八四年に『デバ』誌に発表された「問われる知識人」において、ブランショは、それとは目立たぬながらも明らかに決然とした仕方で、三〇年代の自分の政治的過去について、紛うかたなきレジスタンスだった詩人ルネ・シャールの言葉を引きながら、「私としては――そしてこれは、私の個人的な告白となるだろう――、自分の記憶のもっとも傷つきやすい部分において、ルネ・シャールの断章に刻まれた恐るべきことばから、思い出が甦らない日はほとんどない」(『問われる知識人』拙訳、月曜社、二〇〇二年、六二頁)と記している。ブランショがハイデガーを批判するのは、未完とはいえすでに革命的な大著『存在と時間』を発表し、自分の哲学の構築に際して言葉遣いに腐心したハイデガーがその言葉をナチス礼賛に流用した点である。それに対してブランショは、たしかに三〇年代にはすでに文学と政治の時評家として活動していたし、後に刊行される『謎の男トマ』の初版や『窮極の言葉』『牧歌』といった物語に取り組んではいたものの、著作はまだ一冊も発表していなかったし、流用できるような自分の思想の言葉遣い（「自分固有の言葉遣い」とマスコロは形容している）を見出してはいなかった。おのれの哲学の言葉遣いでナチスに賛意を表したハイデガーと、戦前のジャーナリズムでの言葉の大半を捨て去って、戦後、新たに「死」や「非人称」といった言葉遣いで文学をあらためて論じるようになったブランショとでは、様相はかなり異なると言えよう。戦後の彼の執筆活動が、つねにとは言わないまでもおおよそ戦前の自分の文章に向き合う側面をもち、とりわけ、先述のように自身の三〇年代の活動をめぐって周囲が騒々しくなった頃に書かれた『明かしえぬ共同体』や『問われる知識人』にはその側面が顕著に示されていると考えるのは、いささかブランショに寛容すぎるだろうか。

ともあれ、『明かしえぬ共同体』においてブランショがおのれの過去と向き合ったその方法について、ナンシーは本書で、三〇年代のバタイユの「明かしえぬもの」に注目することで、「ブランショが良識派からの糾弾が再燃する危険に晒すことのできた、かろうじて維持しうる主張」を展開しているのではないかとして、ブランショのおのれの過去に対する一見したところの曖昧さに対する批判も当然、予想されるものだっただろうという。大戦中レジスタンスに加わっていた「私」がナチスに銃殺されかかり、すんでのところでウラソフ軍に救われるという最晩年の『私の死の瞬間』にいたるまで、戦後のブランショによる自身の過去の引き受け方は、けっして直線的でも明示的なものでもないからだ。

そして、共同体論をめぐって戦後のブランショとも距離を取るナンシーが行き着くのは、「キリスト教の脱構築」という自身のテーマにブランショを置き直すことである。本書の解説の末尾では、その文脈のなかで、戦前のブランショに見られる「反ユダヤ主義」――ブランショがこの書簡の中で記している「転向」を、ナンシーはまずもって戦前の反ユダヤ主義からの転向だとする――、および三〇年代のカトリシズムから、戦後のユダヤ思想に接近した彼の移行が取り上げられている。

ナンシーの思想の軸の一つをなすキリスト教の脱構築については訳者の手に余るが、かいつまんで記せば、キリスト教は世界を人間中心主義的に世界化（西洋化かつ世俗化）してきたわけだが――だから、人権や人格の尊厳や連帯や民主主義といった普遍的とされる価値観からなる人間中心主義の行き詰まりは、キリスト教の没落によるものというよりは、キリスト教がそもそも抱えている内的葛藤の帰結にほかならないことになる——、その脱構築とは、キリスト教を構成する諸々の要素を「脱接合化し」、「接合に幾らかの遊び＝緩みを与え」(『脱閉域——キリスト教の脱構築Ⅰ』大西雅一郎訳、現代企画室、二〇〇九年、二九三—二九四頁)、その構造や覆い隠されてきた点を露わにするような操作を通じて、「キリスト教の生成変化の可能性の端緒を探し」(同書、二八六頁)、開放性へと切り開くことである。キリスト教は、ユダヤ教やギリシア的なものやギリシア‐ローマ的なものなど先行するさまざまな遺産を統合する力をもつがゆえに、当初から自己修正的で自己超克的な運動であって、その統一性はつねに分割されてもいる。唯一神は多神教の神々と異なって、この世界におけるご利益のような実効力から退隠しているため、一神教は有神論を解体する契機を内包している。したがって、「今や西洋的構造を規定する無神論、またこの構造に固有の知の様態や実存の様態に内属する無神論はそれ自体、現実となったキリスト教でもある」(同書、七一頁)とナンシーは述べることになる。

ナンシーは、こうした文脈にブランショの三〇年代の反ユダヤ主義、およびそこからの離脱ないし「転向」を置き直して、「〔ブランショは〕社会制度としてのカトリシズムから、無神論と有神論という組み合わせそれ自体を限りなく超出することの考察へと〔……〕向かったのだ」と本書で述べ、ブランショの「転向」の軌跡に、自身の展開するキリスト教の脱構築の一つの可能性を見ているようだ。ナンシーは以前、ブランショをめぐって、「一九五〇年と一九八〇年のあいだに、キリスト教的な語彙とキリスト教への参照について部分的な抹消が起きている」(同書、一八五頁註(11))と記していたが、確かにブランショは幼少期にカトリックの教育を受けていた(「〔ブランショの〕家族は代々カトリックであり、聖なる名祖を讃えて、生まれたばかりの子どもに洗礼を授けている」(ビダン『モーリス・ブランショ』前掲書、三一頁))。そして本書でのナンシーによれば、ブランショは戦前のカトリック的反ユダヤ主義から転向しつつ、ユダヤ教を刷新する戦後の思想の影響のもとに、さらに無神論と有神論の彼方へと進んでいこうとしたことになる。

　書簡に付された解説において、ナンシーは以上のように、慎重に距離を測りながら――ブランショの政治的過去をめぐる喧噪に対してのみならず、ブランショの政治的過去、さらにはブランショの書簡そのものに対しても――、ブランショの行程を、各成員の死に大義を与えておのれの歴史として回収してしまうことで生き永らえる共同体、つまり内在に基づいた〈フランス〉という国家共同体の主張（「政治」の圏域）から、有限性の分有という「無限性」へと開かれた共同体の思考（「政治的なもの」の圏域）への移行として捉えつつ、ではたして現代の私たちは過去のブランショ以上に「文明の居心地の悪さ」をしかと標定できているのだろうかと問い、今日の視点へとつなげている。

＊

ところで、ナンシーが本書で繰り返しているように、「距離を取ること」は重要である。安易な糾弾や盲目的な擁護は何ももたらさないばかりか、事態を見えにくくさせてしまうからだ。

その意味で、本書刊行後に出版されたミシェル・シュリヤの書物は興味深い。シュリヤは、三〇年代のブランショの政治的姿勢とその引き受け方の不明瞭さゆえに、戦後の彼の文学論には、ブランショがハイデガーについて述べた言葉、すなわち、「エクリチュールの腐敗、言語の濫用、歪曲、逸脱があるのだ。これ以後この言語には、疑いが掛けられることになる」(『問われる知識人』前掲書、一一頁)との文言がそのまま当てはまるのではないかと主張し、「ファッショ化するフランス・ナショナリズムに加担していたブランショの無定見という核心的な問いは、彼の思考そのものをめぐる数々の問題のなかでも、もっとも重大な問題をつねに提起している」(Michel Surya, *L'autre Blanchot*, Gallimard, col. Tel, 2015, p.26)と述べて、ブランショを手厳しく批判している(とはいえ、ブランショ自身が示唆しているような「拒否」の揺るぎなさについて、シュリヤは「〔……〕ときには『拒否』という言葉、たしかに後半生のブランショが頻用していた言葉が、キーワードだと見なされようとするきらいもあった。誤れる傾向だ。前半生のブランショ——もう一人のブランショ——は〔……〕、実のところ、ほとんどこの語を用いていないのだ」としているが(*ibid.*, p.62)、三〇年代のブランショがたとえば革命を純化するために、すでに実現された革命をどれほど峻拒していたかを見るならば、彼のこの記述はにわかには首肯しがたい)。また、本書所収のブランショの書簡についても、「ブランショが理解していなかったこと、自己弁明のためにわざわざラポルトにこの書簡を書いた一九八四年の段階でも彼が理解していないように見えることとは、文学（思考）は、政治が内包することも画定することもないある分有を樹立するのだという点である」（*ibid*., p.61）と述べ、ブランショは、バタイユの主張したような文学の卓越性を見損なっているのではないかと断じている。シュリヤはそのうえ、「パッション」というブランショ自身の言葉を用いつつ、「パッションとして理解された政治、つまりは盲目として理解された政治」（*ibid*., p.105）と記すなど、戦後のブランショ、とりわけ本書所収の書簡や『問われる知識人』を執筆し、ユダヤ思想に接近したブランショが、自身の過去に対してあまりにご都合主義的ではないかと非難している。状況はまるで、メールマンによって火蓋を切られた論争が今もなお激しく燃え盛っているようなのだ。

だが、フランスの外という訳者の位置にまで距離を取ってみるならば、ナンシーの解説のみならず、挑発的なシュリヤのこの書物においてもまた、ある一つの名が周到に避けられているように見える。フランスにおいて当然熟知されているはずのこととして言い落されているのか、あるいは忘れ去って闇に葬りたいという集団の無意識的欲望がはたらいているのかはわからないが、それは、戦後のフランスの思想界がハイデガーに目を向けることで封印してしまったように思われる名であり、その名が、本書のブランショの書簡にはわずかではあれ言及されているだけに、その欠落はなおさら目立ち、奇妙にも映る。それは、ブランショが生きた一九三〇年代には、フランス文化の再興を考えた青年たちにとって一つの大きな参照軸だったにもかかわらず、第二次大戦後には、フランス人にとっては口にするのも憚られるほど忌まわしきものとして抹消された名だ。その名とは、シャルル・モーラス（もちろん戦後でも、モーラスの弟子であるピエール・ブータンらの著述活動は見られるし、ミシェル・デオンらモーラスに影響を受けた作家はいる。とはいえ、第二次大戦後のフランスにおいて、ほとんどイデオロギー的な含意なしにモーラスの名に言及し、アクシオン・フランセーズに属した過去を自ら隠していないのは、「日曜歴史家」フィリップ・アリエスくらいに限られるのではなかろうか。だからと言って、日本における過去の向き合い方はさらに大きな問題だろう）。

モーラスの思想を紐解くことはむろん、モーラスを擁護することでも、ハイデガーを免罪することでもない。ただ、これほどまでにモーラスが忌避されることがきわめて徴候的に思われるのだ。フランスにおいては、「反ユダヤ主義者でペタン派だと自認していた人物は、定義からして擁護不可能で唾棄すべきもの」なのだろう（Jean-Christophe Buisson, « Un prophète du passé », *Charles Maurras – L'avenir de l'intelligence et autres textes*, édition établie et présentée par Martin Motte, col. Bouquins, Robert Laffont, 2018, p.IX. なお、モーラスの代表作と主要作品の抜粋とをまとめた同書のように、彼の主要な著作は近年、容易に手に入るようになっており、また、社会科学の分野では、従来のモーラスの弟子たちによる読解とは異なって、モーラスの弟子ではない人たちによるイデオロギー色のない研究が進められ、いくつもの著作が刊行されている）。ましてモーラスは、パリ解放後の四五年一月に対敵通牒の罪で裁かれ、終身禁固刑を下された人物だった。

　だが、影響力を揮った一人の思想家としてのモーラスを（再）検討することは、実のところ今日的な課題にも思われる。「ただフランスのみ」と訴える声は、現代フランスの排外主義的な国民連合（旧国民戦線）の政治家マリーヌ・ル・ペンの言葉である前に、モーラスのスローガンだったからである（もっとも、現存するアクシオン・フランセーズが国民戦線と直接的な組織の繋がりがあるわけではない）。第二次大戦中、それまでの頑なな反ドイツ的姿勢を翻してまで、モーラスは、親独的なヴィシー政権とペタンを断固として支持したが、それは何よりもフランスの国体護持のためだった。彼からすれば、第一次大戦の英雄ペタン元帥の登場こそは「神聖なる驚き」であり、だからこそ、パリからリヨンに編集部を移した『アクシオン・フランセーズ』紙の一面には、幾度も「フランス、ただフランスあるのみ」と掲げられたのだった。さらに言えば、今日モーラスに対峙することは、フランスがはたして第二次大戦時に連合国側だったのか、枢軸国側だったのかという根本的な問いに繋がってしまうのかもしれない。ちなみに、パリ解放直後からフランス人の間で抹消すべきものとされつつあったヴィシー政府が、賛否や正当性はともかくとしてあくまで合法的に成立したものであって、その存在を消すことはできまいと主張し、「ド・ゴールとペタンが同時にいたことはフランスにとっては幸運だったのです」と戦後に述べたのは、四〇年代以降のブランショとも遠からぬジャン・ポーランだった（Jean Paulhan, *Les incertitudes du langage*, Gallimard, 1970, col. Essais, p.155）。

十九世紀末のフランスを揺るがしたドレフュス事件を契機に、反ユダヤ主義に彩られた反ドレフュス派および時代掛かった王党派の激しい主張を繰り広げて言論界に躍り出たモーラスは、イポリット・テーヌの決定論やオーギュスト・コントの実証主義などに影響を受けた自らの政治論の核心を、「自然なる政治」と言う。それは、人間の成長と社会や国家の発展とを重ね合わせて考察する論理である。自分に先行して存在している社会や家庭のなかに生まれてくる子供は、自分の生まれいずる環境を選ぶわけではないが、もしそれらの環境から引き離されてしまうならば当然ながら生きられない。モーラスはしたがって、「好き嫌いにかかわらず、望んだわけでも選ばれたわけでもなく、選べるわけでもないこの自然の土地を受け入れ、その偶然の土地の作法を習得しなければならない。さもなければ、思想の死であり行為の自殺にほかならない盲目的なシステムを、甘んじて受け容れるしかなくなってしまう」と主張する（Charles Maurras, *Mes idées politiques*, in *op.cit.*, p.770）。モーラスにとって、政治とは自由で普遍的な選挙の埒外に打ち立てられるべきものであり、革命という人為的手段で確立されたシステムより以前にすでに存在していた伝統や系譜をそのまま受け継いでいる「自然」な姿こそその本来の姿であって、失われたものとして郷愁を込めて「実在的なフランス」と呼ばれる共同体こそが重要なのである。こうして、個人よりも国が優位に立つ伝統保存ナショナリズムが主張されるわけだが、モーラスはさらに、反議会主義を唱えるこの「自然なる政治」を「有機的経験主義」とも呼び、「もし私が『理論』をもっていることをお望みならば、私は次のように述べるだろう。〔……〕その理論は『有機的経験主義』、つまり、そこに生まれたあらゆる精神が、自分の国に望む未来のために、過去の幸福を利用することである」と記している（*ibid*., p.828）。政治的目的の根拠とされる「自然状態」の真正性を保証するものは、「これまでそうであった」という伝統を根拠にした、経験の確信にほかならない。したがって、彼のナショナリズムは、中央集権的な共和主義的愛国主義とは趣を大きく異にしており、それぞれの地方が土地に根差した各々の生活を営みながら、国家火急の際には神聖なる王の下に結集するという枠組みをもっている。

そして、この伝統の信念、未来のために用いられるべき「過去の幸福」を体現しているのが、カトリック教会の不変性であり、王家に想定される連続性である。逆に言えば、一七九〇年に聖職者が選挙によって選ばれるという聖職者基本法を制定し、王家をめぐっては一七九三年にルイ十六世を処刑することで、これら双方を打ち砕いたフランス革命は、フランスという国を損なった病にほかならず、だからこそモーラスは、カトリック教会に基づいた王政を復活させようと唱えるのである。この点で、カトリシズムを国家の目的に用いようとする彼の政治思想はきわめて世俗的なものであり、それゆえ、彼の著作や『アクシオン・フランセーズ』紙は一九二六年、教皇庁から禁書扱いを受けることになって一部の支持者を失うのだが、そもそもモーラスは、青年期に聴覚を失って棄教してから、無神論者でありながらカトリックを標榜する人物だったのである。モーラスは他方で、ブルボン家の血筋を引くオルレアン公やその息子のパリ公爵としばしば意見の食い違いをみていて、一九三七年には王位請求者であるオルレアンのド・ギーズ公から公式に絶縁されている。

このように見ると、カトリック的王政を主張するモーラスの思想を貫くのは徹底して世俗的なマキャベリズムなのだが、そのモーラスが多くの優秀な若者たちの心の拠り所とされていた時期があったのだ。それはモーラスがまずもって文学者だったからである。南仏に生まれた彼は、自身と同じく南仏出身の詩人フレデリック・ミストラルを崇拝して文学の道を志し、南仏語の詩を復興させる運動フェリブリージュのパリ支部をつくる。そして、哲学的小話集である『天国への道』を一八九五年に刊行するのを皮切りに、小説『ヴェネチアの恋人たち』、詩論も収めた処女詩集『内なる音楽』など、多くの文学作品を残した。なるほど、彼の文学観は、フランス革命の申し子たるロマン主義を退け、古典主義芸術を称揚するなど、政治的枠組みに則って作品を判断するという性格のものだった。それでも、「モーラスの詩文に感じ入った作家は多数にのぼる。ジッド、モーリヤック、アンリ・ド゠モンテルラン、ロジェ・マルタン゠デュ゠ガール、プルースト、ベルナノス、ピエール・ドリュ゠ラ゠ロシェル、ブラジヤックなどが、留保を付けつつもモーラスの詩文を称賛した」のである（ジャック・プレヴォタ『アクシオン・フランセーズ』斎藤かぐみ訳、白水社、文庫クセジュ、二〇〇九年、一二一―一二二頁）。

それゆえ、ヨーロッパ文化を守ろうとするとき、共産主義でも物質主義でもなく、古来の自然なる伝統を重視して、数の支配する議会制に異を唱えたアクシオン・フランセーズの主張を拠り所とするという道は、第一次大戦時にはまだ子供だったために、戦争経験をもつ先行世代に対する遅れの意識を共有していた一九三〇年代の憂える非順応的な青年層にとっては、大いに魅力的に映るものだったのである。

そして、ほかならぬそのヨーロッパ文明が「強制収容所」を生み出してしまったとき、ブランショは、「死」という言葉でもって文学を語り始め、六〇年代には、たとえば「文学的経験〔は〕つまるところは文化の領域や文化の管轄の外に零れ落ちる」（「もう一度、文学」『終わりなき対話Ⅲ』湯浅博雄ほか訳、筑摩書房、二〇一七年、二一三頁）などと記して、文学を梃子にして文化そのものの閉域を相対化するのである。ブランショは、「アウシュヴィッツ」が戦争の凄惨な一齣にすぎないのではなく、人類の一部によって人類のまた別の一部が人類ならざるものとして処分されようとした未曾有の出来事であることが明らかになった後で、文化そのものを問い直す要請に駆られた。二十世紀半ばまでの教養や文化そのものをあらためて問わなければ、文明の最先端だったヨーロッパにおいて前代未聞の殺戮——その未聞性は、犠牲者の数の大きさという点だけではなく、犠牲者はただそう生まれてきたがゆえに抹殺されねばならないとされた点にこそ存している——が起こったことを考察し、論理的にはその再来を防ぐことができないからだ。「アウシュヴィッツ」を政治経済の枠組みにおいてではなく、歴史の極北として思考すること。それは、加害／被害をそれぞれ特殊なものと見なすのではなく、むしろその全体をあらためて問うことである。つまり、収容所から解放された直後に息も絶え絶えながら話し続けながらも「語り始めるとすぐ、我々は息が詰ったのだ」（『人類』宇京頼三訳、未來社、一九九三年、五頁）というロベール・アンテルムについて、「不可能なものを起点とするこの話す能力、言語活動そのものによって『埋める』べき無限の隔たり、このことより重大なものは何もない」（「破壊できないもの」『終わりなき対話II』湯浅博雄ほか訳、筑摩書房、二〇一七年、一〇四頁）と六〇年代のブランショが記すように、それは、一義的に定義可能で共有される何らかの人間的本質など存在しないという認識のうえに――そうした本質の存在を認めるならば人間ならざるものを必然的に区分してしまうことになる――、それでも、何がしかの共通理解をもたらすのではなくその無限の隔たりをこそ認識させ架橋する言語活動について、問い直し続けることにほかならない。

そのようなエクリチュールとして戦後のブランショの著作は存在してきた。そして、「アウシュヴィッツが二度と繰り返されないように考え、行動せよ」（『問われる知識人』前掲書、五六頁）という定言命法が強調されるのは、戦前のフランスにおいて右派だったことがつまるところは「アウシュヴィッツ」への加担を意味しうるからというだけではなく、「SSが最終的には我々の前で無力になるのは、我々が彼らと同じ人間だからである。彼らが最後に敗北するのは、この〔人類という〕種の単一性を問題にしようとしたからである」（『人類』前掲書、二九一頁）と述べてナチス強制収容所では人類の単一性が試練にかけられたというアンテルムと同様に、また、同じくナチス強制収容所からの生還者であるダヴィッド・ルーセをめぐって「わたしたちは、単に死刑執行人の可能な犠牲者であるばかりではなく、死刑執行人は、わたしたちの同類でもあるのだ」(「死刑執行人と犠牲者(ナチス親衛隊と強制収容所捕虜)に関するいくつかの考察」『戦争/政治/実存』、山本功訳、二見書房、一九七二年、四四頁)と述べ、第二次大戦によって人間の可能性は被害と加害の双方に拡大したのだと冷徹に分析したバタイユと同様に、「アウシュヴィッツ」が人間の所業にほかならないという認識に貫かれているからでもある。だからこそ、「アウシュヴィッツ〔は〕一つの概念になってはならない」(『問われる知識人』前掲書、五六頁)のであって、それは、絶対的であり、なおかつきわめて具体的な出来事なのだ。ブランショはこうして、政治の枠内での断罪を超えて政治的なものの思索を展開するわけだが、そうした道程は、見方によっては加害/被害の境界をきわめて曖昧なものにしかねない。まして、後に対独協力に走ることになる人びとと親しく交わり、彼らに似た筆鋒鋭い主張を戦前、猛々しく唱えていたブランショがそのような立場を選び取ることは、広義での加害への加担とも言える自身の過去を引き受けるどころか、「抹消」する試みのようにも受け取られかねないのだった。

「有機的」共同体としての王政フランスを主張していたモーラスの思想や、フランスの再興に向けた貴族主義的な非順応主義に基づいた、激越な反民主主義の主張から、エクリチュールの匿名共同性の思考と実践——ブランショは顔写真を自らは一枚も公表しなかった——を経て、さらに明かしえぬ共同体の思索へと向かうブランショの歩みは、言うなれば綱渡りのような試みだったわけで、自身の過去を棚上げするご都合主義との誹りを受けることは十分に予期されるものだっただろう。『問われる知識人』ではそれゆえ、けっして明示的には自身のことを書かず——もしそうしていたならば、加害が特異なケースとして矮小化されてしまうことになりかねない——、それでも明らかに自身の過去に言及したのだった。その意味でブランショは、自分の過去、そして第二次大戦期のフランス（レジスタンスや対独協力、ヴィシー政府、そして粛清裁判）をなかったことにはしてこなかったのではないか。「多くの論者が全体主義を前にして医師や僧侶のように振舞うが、ブランショはむしろ『病者』の側に、そういってよければ『有罪者』〔……〕の側に身を置いて思考」（西谷修「ブランショと共同体——あとがきに代えて」『明かしえぬ共同体』前掲書、二一〇頁）しており、そこには医者の診断のような明確さもなければ、僧侶の説教のような截然さもない。そこに曖昧さがあるのは不可避のことでもある。

その曖昧さから、ブランショの過去、およびその過去に対する向き合い方に批判が生じるのだろう。まして、自分は一度も「踏みはずし」たことなどないと信じる「医師や僧侶」のような人びとからすれば、かつて踏みはずした人が改心するかのようなブランショの来歴は、「嫌疑」を掛けられても仕方がないのかもしれない。実際のところ、戦後のブランショにはそのような両義性がつきまとっている。たとえば、戦後間もないころに発表された論文「文学と死への権利」に見られる、「文学を『恐怖政治』と呼んだのは、文学が〔……〕この歴史的瞬間を理想とし、言葉の可能性と真実を死から得ようとするからである」(「文学と死への権利」『カフカからカフカへ』山邑久仁子訳、書肆心水、二〇一三年、三六―三七頁)との文言は、強制収容所における死者の声への接近の試みとして読むことができるのみならず、この論文の二年前にフランスで猖獗を極めていた対独協力者の粛清、とりわけブランショ自身が何と言おうと三〇年代には彼と遠からぬ存在だった「才能ある」作家ブラジヤックの処刑を想起させもする。ナンシーが本書で指摘する「私たちが認めたがらない二つの事実」のなかには、たとえば対独協力者裁判、すなわち正義の名のもとに人びとが狂奔したフランスの熱狂状態がはっきりとは含まれていないが、ブランショはしかし、そうした時代をたしかに生き抜いてきたのだった。

ただ、そのうえで指摘しておきたいのは、ブランショの戦後の文筆活動がこうしたものだったからこそ、記憶違いや誤認が読まれ、弁解の色さえ窺われる本書所収の書簡の居心地の悪さが、なおのこと拭いがたいのではないかということである。この書簡でブランショが記しているように、たとえばポール・レヴィの存在は、三〇年代のブランショにとって大きかった（「しかも『ランパール』紙によって、ジャン＝ピエール・マクサンスとティエリー・モーニエは『［……］自分たちの考えを表明する全面的な自由』を手に入れたわけで、事情はブランショにとっても同様だった。ブランショは、このことを翌年、ポール・レヴィへのオマージュ（*Aujourd'hui*, 22 mars 1934）のなかで証言している」（David Uhrig, « Préface », *CP*, p.10））。しかしながら、おのれの政治的過去がスキャンダラスに話題に上るようになったとき、ことさらに戦前からのユダヤ人との交流を強調したりすることは、メールマンの言うような極端から極端へと振れる「キアスム」に陥りはしまいか。そしてシュリヤはまさに、ご都合主義的にも見えかねないこの記憶を非難したのだった。

とはいうものの、小さな覚書ながらもブランショが自身で発表した『問われる知識人』とは異なって、この書簡は、タイプされ「書簡＝レシ」と断られているとはいえ、やはりあくまでも「私信」だったのではなかろうか。逆に言えば、だからこそブランショの肉声めいたものが透けて見えて貴重だとも言えるだろう。

一九三〇年代から四〇年代、とりわけ戦時下のフランスは、ブランショが戦前について用いた言葉を借りれば「胡乱」だったわけで、フランスはけっして一枚岩ではなかったし、事後的な整理を容易に許さない状態だった。フランス政府や軍部のなかに抗戦派と休戦派の齟齬や対立があったのと同様に、対独協力と一口に言っても、地域という点では、大戦中の最大のベストセラーである『残骸』でヴィシー政府をこき下ろしたリュシアン・ルバテやナチスに一体化しようとしたブラジヤックらが活動したパリと、モーラスらが「ただフランスのみ」と繰り返していたヴィシーとではその様子は大きく異なるし、また時期という点でも、ピエール・ラヴァルの入閣前と入閣後やフランス全土の占領前と占領後ではその性質がかなり異なっており、対独協力というものがおおよそ多面的で多様なものだったことは間違いない。パリ解放直後には、たとえば平和主義者だった作家ジャン・ジオノの名が、レジスタンス系の国民作家委員会が作成した対独協力作家のリストにいつの間にか記されたことにも示されるように、誰が対独協力者で、誰がレジスタンスなのか、そもそもレジスタンスが正義の代弁者なのか、対独協力者が悪の権化なのか、判然とはしなかった時代である。

三〇年代にテロリズムの効用を唱えるほど激しい筆致でブランショが痛罵していた当の相手であるレオン・ブルムは、一九四二年、ヴィシー政府から、フランスの敗北とドイツによる占領を招いたとして、三〇年代の第三共和政の首脳たちの責任を問うリオン裁判にかけられた。そしてその後、四三年四月にヴィシー政府によって身柄をドイツに送られ、ブーヘンヴァルト収容所傍の屋敷に終戦まで軟禁されることとなった。一流の文筆家でもあったブルムは、軟禁生活を送っている間、四三年刊のブランショの『踏みはずし』を読む。そして彼は、息子宛の手紙のなかで、「私はこの作者の名前も知らなかったが」、「この本は第一級の価値をもっていると確信している」（Lettre de Léon Blum à Robert Blum, 14 mai 1944, *Lettres de Buchenwald*, éditées et présentées par Ilan Greisammer, Gallimard, 2003, p.126）と記して、ブランショの本をきわめて高く評価するのだった。まことに歴史の皮肉と言うべきか。

本書の翻訳は、訳者の文字どおりの非力と怠惰ゆえ大幅に時間がかかってしまったうえに、いたらぬ箇所や思わぬ誤読も多々あることと思う。読者諸賢のご指摘をいただければ幸いである。また、本書の翻訳に際しては、水声社からの企画を紹介してくださった郷原佳以氏、そして遅々として進まない作業を温かく見守ってくださり丁寧に編集していただいた水声社の神社美江氏に、深く感謝申し上げたい。

二〇二〇年三月

安原伸一朗

著者／訳者について——

ジャン＝リュック・ナンシー（Jean-Luc NANCY）　一九四〇年、フランス・ボルドー生まれ。哲学者。ストラスブール・マルク・ブロック大学名誉教授。主な著書に、『無為の共同体』（一九八三。以文社、二〇〇一）、『自由の経験』（一九八八。未来社、二〇〇〇）、『限りある思考』（一九九〇。法政大学出版局、二〇一一）、『共同－体』（一九九二。松籟社、一九九六）、『哲学的クロニクル』（二〇〇四。現代企画室、二〇〇五）、『ナチ神話』（共著、一九九一。松籟社、二〇〇二）などがある。

*

安原伸一朗（やすはらしんいちろう）　一九七二年、石川県生まれ。学習院大学文学部卒業。東京大学大学院総合文化研究科言語情報科学専攻博士課程単位取得満期退学。パリ第八大学大学院博士課程修了。博士（文学）。現在、日本大学商学部准教授。主な訳書に、モーリス・ブランショ『問われる知識人』（月曜社、二〇〇二）、ジャン＝リュック・ナンシー『無為の共同体』（共訳、以文社、二〇〇一）、クリストフ・ビダン『モーリス・ブランショ』（共訳、水声社、二〇一四）などがある。

装幀——宗利淳一

モーリス・ブランショ　政治的パッション

二〇二〇年七月一〇日第一版第一刷印刷　二〇二〇年七月二〇日第一版第一刷発行

著者――ジャン＝リュック・ナンシー

訳者――安原伸一朗

発行者――鈴木宏

発行所――株式会社水声社

東京都文京区小石川二―七―五　郵便番号一一二―〇〇〇二

電話〇三―三八一八―六〇四〇　ＦＡＸ〇三―三八一八―二四三七

［編集部］横浜市港北区新吉田東一―七七―一七　郵便番号二二三―〇〇五八

電話〇四五―七一七―五三五六　ＦＡＸ〇四五―七一七―五三五七

郵便振替〇〇一八〇―四―六五四一〇〇

URL : http://www.suiseisha.net

印刷・製本――精興社

ISBN978-4-8010-0486-3

乱丁・落丁本はお取り替えいたします。